栗子——木典和可西

戊利 著

他序

宇宙間，很多偶然構成某種必然，因此人類歷史的進程、文明的演進以及物種的變化，充滿著無法臆測的可能和無限的變數。在兩萬五千年的時空變化中，宇宙萬物差距何其巨大！但不管天荒地老，人類必須為生存而戰鬥是萬古不變的必然。在戌利所著的《栗子——木典與可西》一書中，「栗子」象徵著生存的希望，「木典」是捍衛生存的戰士，協助取得栗子種子的女子「可西」是孕育生命之母。讀者隨著書中人物在尋找「栗子」的過程中，體驗一次次歷盡艱辛的冒險，心驚膽顫觀看一場場流血流汗的戰鬥。讀者在

西可和典木——子栗

讀完故事時必將掩卷深思：在日益惡化的環境中，英雄的冒險與戰鬥關係著部落〈人類〉的生存與滅絕，唯有努力奮鬥才能得到存活的希望。

作家　多米

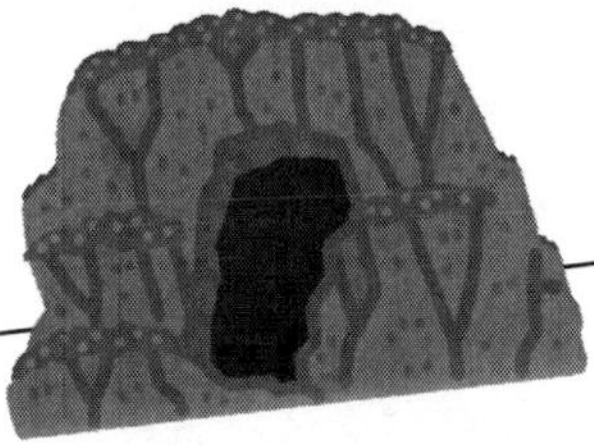

栗子──木典和可西

c.o.n.t.e.n.t.s

目錄

栗子——木典和可西

第一章
比賽

西可和典木——子栗

大約在二萬五千年前亞洲的中原大陸，當時人煙稀少，大都散居沿著河岸樹林裡的簡陋木屋之中，但因猛禽怪獸很多所以人們會聚居一起並用簡單之木頭圍成柵欄形成部落，一方面共同抵禦外族的侵略搶奪糧食，一方面防止猛獸進入、尤其當時除了老虎、熊等以外奇形怪獸很多。在部落和部落之間相隔至少幾十個山頭，在部落之間很少來往也不知道彼此內部的事，只偶有聽到長老講述遠方的奇特動物或地形時會順便提到碰到另一族人的經過。當時的語言已開始形成但是還沒文字，所以溝通講話也不困難。由於部落的人口也一直持續增加之中，人和人的競爭也越來越激烈。

這個時候的人在味覺、觸覺、嗅覺、聽覺和眼力相較現代人好了好幾倍，感知能力更是數十倍強過現代人，人們已經累積相當多的文化、語言能力，人和人遇到也不會馬上互相砍殺，因為人還

處在食物鏈的中下端，時常會被猛獸或是大自然給吞噬，有時還互相幫忙共同抵禦怪獸的侵略，此因每個部落相距甚遠，中原大陸又位於亞熱帶，樹林茂盛，動、植物食物鍊充分發展，奇花異草、珍禽怪獸特別多，但是部落人口與中原大陸陸地面積相比卻還顯得微乎其微，不會爭地奪利，或是爭食獵物，偶有碰到他族強殺獵物也會儘量避開，以免互相衝突。可是部落間仍然有因為不同的環境文化、風俗習慣和民情而有顯著的差異性。不過隨著時間的進程，地球氣候的改變，中原大陸的一些地區下雨逐漸的減少。

話說有一叫「乙凡族」的部落，此部落的人頭腦較為聰明。部落的前面有一條河，後面有一山壁，乙凡族在部落外使用竹木圍一圈，在面向河的一面做一個進出的大門。某天在部落內廣場上，族長龍威正向大家講話：乾旱已經連續一陣子了，河水都已經快乾掉

栗子——木典和可西

一半，動物不是跑掉便是又餓又瘦的。族人要走到更遠的地方才能找到吃的東西。為了能夠改善這個持續惡化的狀況，我和族內的長老先知們討論過將要選出四位年輕人到很遠的地方去找一種植物，此種植物可以長出不畏寒冷也不須水很多的果物，我們的長老聽說在北方有一種植物不怕冷，種植時也不須很多水，並且可以長出可口的果實如此，即便在寒冷的冬天或者缺水時仍有東西可維生。我們一定要找到這種果物，因為乾旱已一年比一年嚴重，也許等到找到這種植物再回來種植長大要很多年，我們可能正受到最嚴重的乾旱，而這種食物就是我們將來的救星，我們和我們的祖先在此地生活已經很久了，除非我們搬到其他不缺水的地方否則一定會受到乾旱的威脅而餓死，但是其他不缺水的地方在那裡?另一方面派出去的人也可以學習他族的優點和長處來教導族人，其本人更會得到寶

貴的經驗，也許也可以找到更好的當作居住地，就像我們的祖先當初也是尋找很久才來到此地，我想我們族內有很多年輕人都想爭取，所以我們會用比賽的方式遴選出一組最優秀的四人，這四人可以適應外界的各種挑戰而且能夠安全的達成任務回來。比賽是在大河的旁邊舉行。看哪一組先到河的對岸的森林裡去捉到老虎回來。一般的時候都是七、八人一起出外尋找食物，如果碰到老虎等較兇猛的動物可以一起抵抗，甚至獵殺捉回來。此次只有四人而已所以必須要夠強壯也要有技巧。木典是一位二十歲左右的年輕人和他的好友扇班、高志和延古也想參加比賽。因為木典跑得比較快，而延古比較壯，游泳也比較快，而且喜歡研究植物，高志和扇班很會做陷阱但是扇班比較會爬樹，所以他們四人認為有機會可以得勝。

報名參賽的包括木典這一組總共有十二組隊伍。比賽時間選在

西可和典木——子栗

深夜開始舉行，先由長老舉行祈福儀式，為每一組人祈求平安及順利歸來。這十二組隊伍就各自帶著工具出發。

當時的人已經會使用簡單的鐵器作成工具，只是很容易鏽蝕，所以武器仍以石刀、簡單的弓和長矛為主，鐵製的刀和矛為輔。使用樹皮和藤蔓捆綁東西，食物以水果、獸肉為主。圈養雉雞、山羊和野兔等草食動物。穿著以獸皮為主。

木典等四人游過約五十公尺寬的河流，平常這條河約有兩百公尺寬，現在因為乾旱只剩四、五十公尺，也變淺了，說游過還不如說是半走過。所以十二組隊伍很快的渡過河進入快乾枯的森林中。木典這一組選擇往下游也是往東的方向去尋找老虎。這是高志和扇班提議的，因為越往下游乾旱程度越輕微，找到老虎的機會也越高。

一路上樹木乾枯的甚多，也看不到老虎只有一些小動物，這樣走了十天後，遇到了一個灣潭水，一般族人打獵、找食物頂多到四、五天遠的地方，這個是他們第一次來到的地方，心想老虎也要喝水而且附近的森林比較不乾枯，此地應該可以找到牠的足跡。

很快得高志和扇班沿著潭邊尋找到老虎的足跡，沿著此足跡通向森林裡去，四人花了大半天工夫就在森林裡挖好三個陷阱，並且就埋伏在四周圍伺機而動。這樣等了一天仍不見到老虎的蹤影，木典覺得這也不是辦法所以就自告奮勇要到森林裡去找老虎。這片樹林並沒有受到乾旱太大的影響，雖然有一些枯葉但是整體來看仍然枝葉茂盛，向森林裡看仍然陰暗濃黑伸手不見五指。木典懷著忐忑不安的心情拿著長矛和刀向森林深處前進，偶而有些蟲鳴鳥叫，大蛇盤樹或是野獸吼叫但就是不見老虎的蹤影，不知道是不是被其他

栗子——木典和可西

族人捷足先登，或是躲到那裡去了。這樣走著走著忽然看到一對大大陰冷的眼睛，直視著木典。木典警覺性的跳到一旁的樹後，是一隻站起來快三公尺高的大黑熊，木典迅速而冷靜的退後並且快跑，但是黑熊也開始追，木典有一點瘦壯又比常人會跑，因此剛開始很驚險差一點被黑熊追到，但隨後慢慢得也越離越遠，終至脫離險境。此後大約一天時間仍無所獲，木典決定先回去和三人商量。

就在木典快回到陷阱邊時，遠遠的聽到了打鬥吼叫的聲音，木典趕忙一個箭步上前，只見延古大腿受傷，高志和扇班已在旁氣喘噓噓，正在和一隻長約三米，重達兩、三百公斤的大老虎搏鬥。木典急忙加入戰局。看到一位我們的族人昏躺在陷阱內，另外一位族人已陣亡在旁邊。其中一個陷阱的狀況顯然是經過激烈打鬥原本的掩護裝置已不復在。原來是當木典回來之前約一小時，森林中突然

出現老虎的蹤影，三人屏著氣息就連心跳聲都聽的到，只見老虎慢慢走來，但是很巧得都閃過三個陷阱，不知道是老虎的天性使然還是經驗讓它選擇安全的路，不過仔細看這老虎似乎已經受傷，走路有點一跛一跛的。三人於是急忙跳出阻擋老虎的去路，這時候森林中又跑出二位族人搶著攻擊老虎，變成二人在左，三人在右邊阻擋並攻擊老虎，忽然間一位族人不小心掉入一個陷阱當場慘死，另一族人見狀卻更瘋狂拿著矛刺向老虎致使老虎非常生氣的不理三人轉而攻擊那一位族人，使得那一位族人不幸被咬到脖子也當場死亡。這個當中另外一個陷阱也召致破壞，雖然老虎有一度後半身陷入陷阱，延古乘機猛刺老虎，但是老虎兇猛無比翻身上來一爪掃中延古的大腿，幸經高志和扇班也同時出手猛擊老虎，三人合力圍捕，此時老虎已受傷又見到木典也加入攻擊，老虎奮力爭扎一跳沒入森林當中。

眾人把延古的腳傷稍事包紮，幸好當時的人都會使用藥草來治療外傷，所以可以就地取材處理延古的大腿傷口。老虎又跑入森林當中現在要捉牠勢必更難，四人推測雖然老虎不會再從此地經過去喝水，但是牠仍然會從潭水的其他地方過來，因為木典進入森林時並沒有看到其他水源。所以四人就在潭水的上下兩側的森林邊再挖各三個陷阱，都是呈之字型排列。四人也分為兩邊各兩人埋伏躲起來，木典和高治守在西邊，延古和扇班守在東邊。

守到了第三天果然看到老虎出現在東邊不遠的地方，四人繃緊神經不打草驚蛇，以守株待兔，看老虎會不會自己掉入陷阱，但這次老虎一喝完水就從原路走回森林，四人徒勞無功。不過也知道老虎一定會再來喝水，會走不同的路過來，另外值得注意的地方是，老虎先前受傷似乎好多了，走路已經不會一跛一跛的。經過幾天的休息延古的傷勢也快完全恢復，又過了二天的清晨終於看到老虎從西邊走來，靠近陷阱不遠，這一次老虎似乎又受傷了，而且比之前嚴重，右前大腿上方的身體，靠近脖子邊有割傷，像是被矛刺傷，血跡仍未乾，木典看到此情形覺得正是時候，向東邊的二人打了一下手勢要他們小心移動到這邊來，等二人到來，老虎也走近陷阱，大家互相使了一個眼色隨即衝出，形成包圍態勢，老虎忽然間受到攻擊，已經負傷，大吼一聲撲過來，但是隨即被眾人的矛所逼退，顯得欲攻擊卻無力，只好慢慢被逼退向四人所挖的陷阱，轟的一聲老虎掉入陷阱並且被刺傷，四人馬上用矛丟擲老虎，最後老虎抵擋不過四人的矛攻擊漸漸沒氣息。

四人就把老虎捆綁抬回到部落，此時離出發已有一個月左右，

栗子——木典和可西

但是連他們總共只有七組回來。其他六組都是有人受傷或是死亡無法繼續捕捉老虎只得回來，另外五組不知情況如何，但是木典他們知道至少有一組人全部死亡，只有木典這一組捉到老虎。這有一點超出木典的意料，本想已經經過那麼多天了，族內比木典年輕力壯的很多其他組應該早就回來才對，可是結果卻是如此。這可能是乾旱使的野獸跑到比較遠處，因此野獸變得比較餓也比較兇狠，以致於其他組鎩羽而歸的多。接下來幾天陸續有其他組回來，但是也都沒有捉到老虎而且也都有人受傷和死亡。直到第六天很意外的有一組回來並且帶回一隻老虎，這次的比賽總算結束，木典這一組取得最後比賽的勝利。

接下來木典和其他三人開始準備遠行的行李，告別他的家人，雖然以前的人不知道何謂「家庭」，但是從小木典就由母親調教或

由族內的長者教導，所以很尊重他們，必須前往告知要離開，並且聽取經驗、叮嚀和得到祝福。至於行李只有矛、刀、幾件皮裘和裝著水的皮囊，也沒有其他東西好帶，致於吃的、用的全部自行在外解決。

栗子——木典和可西

第二章
遇上巨人

西可和典木——子栗

木典一行四人於是開始出發，因為這次的任務是尋找耐寒的作物，所以大家決定先往西北方前進。天漸漸暗，這個時候大熊星座也悄悄得慢慢出現在西北方，遠古時候的人並沒有所謂的「方位」觀念，全憑族中長老用口述和實際觀察星星出現的方式一代傳過一代，累積下來的經驗，目前華人使用的農民曆也是觀察星星而得的。此時北斗星也遙指西北方。由於乾旱的關係越往西北走越是乾冷，眼前可以見到到處都是樹木枯黃，枯葉滿地，河川的流水幾乎接近乾枯，甚至於全部乾掉，四人走了三十天左右，正在考慮是否繼續往前尋找，還是往另一個方向，因為食物越來越難找，水必須靠非常清早太陽升起前幾小時收取露水，已經幾乎到了不容易再走下去的狀況，步伐已經蹣跚，這一天翻過了一座高山來到一個崖頂上，卻被眼前的景象震撼住，放眼所見崖下卻是一片綠意漾然，草木扶疏，有很多的羚羊和麋鹿，還可以看見各種鳥類在低空飛翔，更遠處還可以看到一個一眼望去看不到對岸的湖，再過去則是一座看起來比現在站的這座山還高很多的山。從半山上宣洩下來一道瀑布，在地面形成一個小潭，潭水出口形成的小河就流入之前的湖中，湖的另一邊有一河流銜接著，山和湖的中間另外有一石頭堆砌成的小山，下面是四方型，上面是尖的，每一個石頭看起來都是四方形的不知是如何切割成的，這個地方是一個大山谷，而且簡直就是人間世外桃源。眾人完全不了解為什麼山前山後景象會差這麼多，也沒有太多時間去想，因為實在又饑又渴，顧不得有任何的危險奮力往崖下爬去。這個山壁陡峭滑溜，是一個大岩石形成的，須要手腳並用邊爬邊滑下去，爬到一半才發覺沒有路了，爬上去已經是不可能了，滑下去離地面雖然不遠但是仍然有段距離，崖的下面

粟子——木典和可西

雖有長了一些草但看上去似乎無法擋住下墜的身體才對。跳下去像是非死不可，但是如果不跳用手指拉住峭壁石頭的手也開始抖動，這是木典他們這次出來碰到的第一個生死交關的困難。四人商量了半天仍沒有脫困的方法。木典說：想不到這麼快就要和各位道別了，這次出來是我的提議，現在使大家陷在這個地方都是我不好，很高興認識各位，我要先跳下去，再見了！說著沒等眾人回答就閉著眼睛往下跳，四、五十公尺的距離，一下子就到地面，但是並沒有「碰」一聲而是感覺像似跳入軟軟的棉花中。原來崖的下面本來是沼澤，水是由湖水不停得注入，因為草長的很長覆蓋在上面又日積月累一些塵土，而這些土上面又長草出來，形成土下有水，土上長草，人站在草地上面，地會凹下去卻又不會陷入水中的奇特地型。木典本想必死無疑沒想到卻大難不死，人完好如初全然沒有受傷的站起來，只是地上有一個大凹，但是此大凹自己一站起來幾乎立即回復，像是棉花的感覺，自己也覺得甚為不解，但是草地上確實是軟如踏入棉花中，上面的三人卻看得目瞪口呆，急忙問木典人有沒有受傷，木典說沒有受傷並且請三人依序跳下來，三人本來仍有存疑但是不跳也不行也就先後跳下，果真都沒有受傷，四人很高興得立刻往前尋找吃的東西。

四人走沒多久就找到一條小河，趕緊喝水解渴捉來小動物，烤來飽餐一頓。吃飽喝足休息過了之後，精神飽滿，順著小河往上走，走了將近七、八公里來到另外一條河的交叉點，小河應是此河的支流，此河較寬，流水量也較大，他們再往前走沒有多久就在河邊發現了一些零亂得足跡，並且參雜著乾的血跡，不過此足跡較尋常人大的多，看起來大概有五十公分以上，四人小心翼翼得順著足

栗子——木典和可西

跡走過去，直到一堆草叢裡卻發現一個約三米高的巨人躺在裡面。巨人看似受傷，大腿和腰部都在流血，呼吸很急促，四人撥動草叢似乎也驚動了巨人，巨人想站起來卻又無力的躺回去，四人把矛頭指向巨人，攻擊陣勢的包圍住巨人。巨人無力的說：你們是甚麼人？看起來應該是外地人，我不會傷害你們，求求你們救我。高治看此巨人面貌並不兇惡，言行舉止也很和氣，和三人商量先救人再說，何況此人目前也無力對抗任何一個人。高治就跑到附近採摘傷藥，延古則到河邊取水來，木典就開始幫巨人清洗傷口，也拿一點給巨人喝，高治也把採到的藥，搗成泥，敷在傷口上，並用葉子、樹皮幫巨人傷口包紮起來，扇班此時也去找了一些吃的給大家和巨人吃，經過一番忙亂總算處理完畢。巨人此時因為吃了東西也較有精神，眾人問起為何受傷，巨人就把緣由告訴大家。

原來巨人是此谷內族長的公子叫做清隆，另外有一個妹妹叫做默何，因為父親年紀已大有意把族長之位給清隆繼承，而清隆處理事情圓融，也深得部落長老認同除了大伯一家以外。大伯有一兒子叫天大，而天大卻較為粗暴，一有不順遂就拳腳相向，因為個性不合所以兩堂兄弟也時常為了事情爭吵，長久下來族長看在眼裡就想把族長之位傳給清隆，並且時常向外人讚揚清隆，天大知道後非常不滿，向族長爭取，但是族長卻又狠狠的教訓天大，說他不知長進只會逞兇鬥狠，這樣一來天大更是懷恨在心，另外天大的妹妹喜歡上天大的得力黨羽叫孟田，以往清隆和妹妹住同一個屋子，母親及父親睡在另一個房子。昨日晚上天大找了一些黨羽包括孟田，故意和妹妹聊天，另一方面找清隆出來說是有事商量，清隆覺得堂兄弟邀約不疑有他，匆忙赴約。約談地點是在部落附近的河邊，等到清

隆到達的時候天大和他的黨羽已在那裡埋伏等候多時，天大一看到清隆過來立即上前說：我也不要和你囉嗦，今天找你來是希望你不要和我爭族長的位子，要你去向你父親說你不要當族長。清隆：我也不是一定要當族長，不過這是父親的意思，我無法去說。天大：只要你去說你不要做就好了，可不可以？其他的事我會向叔叔說。清隆心想這是父親的想法，他不想違背父親就當場拒絕天大。這樣講沒幾句話二人就吵起來，天大越講越生氣拿刀刺向清隆，天大一個人本來也不是清隆的對手，平常清隆的武術是族裡數一數二的，但是埋伏的黨羽七、八人，也都跳出來攻擊清隆，清隆此時孤立無援，何況清隆出來時只隨身帶著刀子，並沒有帶矛和其他武器，沒有多久清隆的大腿就被刺傷，接下來腰部也被割傷，清隆覺得再不閃躲恐有生命危險，於是趕緊跳下河逃生。天大不死心在河岸邊追逐直到河流拐兩個彎看不到為止。清隆因為受傷又在河裡浸泡過久，漂流一陣子之後才找機會到河岸奮力游上來，天大因為耗盡體力爬到一個草叢才不支昏暈過去。直到今日稍早木典四人發現的清隆。

四人知道清隆的處境後，想幫忙清隆回去，於是讓清隆在此療傷，四人也想了解山谷的地形和概況要了解如何出入這個山谷。問清楚之後才知道原來此谷的山特別高，山上終年結冰，南方的溫暖空氣受到此高山阻擋並且碰到北方的冷空氣後特別會下雪，雪溶化後形成了水，水流下來形成瀑布、湖和河流，但是山後面除了岩石、小草之外卻是荒涼沙漠，河流由西北向南流之後隨著地形又轉向東北流去，目前因為乾旱雪水不多，再流到地面湖中再流出去谷外就更少，只能慢慢變成一條小河流出谷。不過這水一出谷口立即

西可和典木——子栗

形成瀑布掉落到百米下面，這也是此谷唯一的出口，意思是這個山谷是封閉的，要如何出谷將是很大的挑戰。此外四人也順便問起是誰堆砌這座石山？清隆說這是他們祖先來的時候就有的，通常我們都把亡者葬到裡面，所以會到尖頂祭祀，清隆休息兩天後，清隆帶著木典四人回去部落。

清隆的部落位在湖畔和河流之間，稱之為羊族，因為此山谷有幾十萬隻的羚羊，總人口數不到兩百人而且正在減少之中，原因是小孩的出生率不高而且容易夭折，雖然谷中食物供給不於匱乏，以前古代更沒有所謂的污染，但是很奇怪會得到一些怪病，這幾十年下來死了很多人。話說回來清隆和木典四人偷偷回到族長父親的房子，房子是用石塊蓋的，裡面是用木頭當柱子和橫樑，看起來很堅固，父親、母親都不在裡面，清隆要木典四人躲在房裡，自己就先行到外頭察看動態，等了幾個鐘頭之後，清隆卻攙扶著一個人回來，而且背後還跟進來一些人，原來那人是清隆的父親，就在清隆到外面部落察看時在部落的廣場上看到天大和他的黨羽正和父親在爭辯，大意是說：清隆幾天前出外打獵不小心受傷掉到河裡，已經淹死了或是流到谷外摔死了，應該把族長之位傳給他才對，才一下子看到天大很生氣並就想拔刀刺向父親，父親沒有料到天大會殺他，雖有閃避了卻沒有完全閃過，肚子旁邊被刺中一點，父親即刻拿起刀子自衛，天大的黨羽也紛紛拿出刀械和父親的部屬戰鬥起來，清隆的身體也已經恢復七、八成，所以看到這情形立即現身，場上的局勢立刻起了變化，本來天大和他的黨羽人數較多佔了優勢，但是清隆一個人可抵好幾個人，又天大看到清隆出現心慮起來，因為謊話被戳破，局勢馬上變成清隆的父親這邊較優勢，天大且戰且走，一聲呼喝黨羽立即四處逃竄。父親的部屬隨後也追了出去。

父親一看到四名小人也很訝異，清隆隨後向父親說明這幾天出去的經過，父親聽到後很感謝木典四人，父親的部屬隨後回報天大等人已經渡河到對岸去了。原來對岸有另一巨人部落，是為鹿族，因為此谷除了羚羊以外最多的就是鹿。族長是一位女人，此族在好幾代前和這邊是同一族人，但也是因為堂兄弟爭取族長之位，輸的跑去對岸另立門戶，此後兩族不相往來。這幾十年下來陸續有不滿的人跑到對岸去更增加彼此的對立，本來鹿族的部落人數較少，但是這幾十年下來慢慢兩岸的人數也差不多了。目前的女族長也是剛就任不久，因為她的丈夫前不久過逝，只有一個兒子，兒子長像怪異，有三個眼睛四隻手、智力很差，不過力氣其大無比，在鹿族內

無人出其右，也因為這樣的狀況，他的媽媽才能繼續當族長。鹿族的部落因為居住環境較差，當雪較厚或雨水來的大又急時，河水容易氾濫成災，需要不停的退縮、遷移，所以對岸的部落鹿族一直野心駁駁想征服這邊。在外打獵碰到時也顯現得比較凶狠，不時有言語的衝突，這一次天大等人又加入鹿族的陣營無疑的更進一步推波助瀾壯大鹿族，鹿族有可能會隨時攻打羊族。

天大一到鹿族果真立即遊說鹿族族長進犯羊族，因為他又帶了一些人過來使鹿族，更加壯大，羊族人口卻立即變少，兩造一加一減形勢立變，鹿族變成比羊族人多很多。這使得原來就有意思侵占羊族的鹿族族長更加躍躍欲試，馬上要求族人立即準備攻打的機具、獨木舟和武器等等。

另一方面木典在旁邊聽完族長和部屬的形勢分析，也覺得很快就會發生戰爭，尤其這邊人比較少老弱又多，武器只有矛和刀，因為過去以來憑著巨大身材要獵取鹿、羊等動物甚為簡單，只要用矛就綽綽有餘，所以並沒有發展其他武器和獵捕方法。族長更是憂心忡忡，不知所措，木典四人研究之後認為或許可以幫忙羊族。首先要求族長帶他們去看地形，了解鹿族可能渡船過來的攻擊地點，於當晚高志和扇班隨即要求族長在一些地點挖掘坑洞並且埋設尖木，在坑洞上方用細樹枝、樹葉鋪平，再最後用河邊的沙覆蓋，使坑洞外表看不出來，這樣在河邊上作了很多陷阱，並且標記起來以免族人誤踏。此外在靠近屋子的地方製作柵欄。另一方面木典和延古教羊族人製作簡單的弓箭並且安排防禦工事，老弱、病人和婦孺挪到後面較安全的地方，巨人族們很會擲矛，所以多準備了一些矛，一切準備就緒的隔天清晨鹿族約百餘人乘著獨木舟攻打過來。

雙方都沒有大規模打仗的經驗，由於有木典等四人的幫忙，羊族可以說是大獲全勝，雖然鹿族有天大的熟知地形和三眼怪的孔武有力，但是不知道羊族有木典四人的幫助，已經獲得寶貴的打仗經驗，也幸好天大還有一些同黨親人都已經跑到對岸，不然木典等四人所做的事也會讓事情功虧一簣，鹿族在這次的進擊誤入陷阱的已經死傷不計其數，又因為有柵欄屏障擲矛也無法傷人，相形之下羊族卻很容易用弓箭和矛刺死無任何遮蔽物的鹿族人，天大和三眼怪都戰死，包括他的母親，只有孟田和極少數人逃到對岸，這時清隆的妹妹苦苦哀求羊族人不要再乘勝追擊，希望能放過孟田。羊族此時也暫且可以得到安寧，清隆順利的接下族長之位。

木典等四人在谷中遊玩數日，谷中並沒有他們想找的植物，另一方面也在探尋出谷的方式，又聽清隆的父親說河流的出口是萬丈

栗子——木典和可西

深坑平常人是無法由那裡出入，而谷的四周圍都是絕壁高山，外人無法進來，裡面的人也無法出去，說到這裡木典很疑惑的問：那當初你們是怎麼進來的？清隆的父親說：聽以前的長者說將近千年以前外面發生大爆炸，我們的祖先約有百餘人騎大鳥逃難飛到這裡，不過這些大鳥以後就沒有再出現，不知是死了還是飛到別處，而且聽說當初我們的身高也不高和你們現在差不多，只是不知道甚麼緣故會越來越長越高。不過現在最重要的是幫助你們離開這裡，我們在谷裡多年並沒有想到要離開，所以沒有特意去找出谷的方式，不過在本谷北部有一岩洞，外面很大但是進入一陣子後變小，又窄到我們無法進出，你們也許可以試試看說不定可以出谷，因為有些動物被圍捕跑進去就沒有再出來，小孩的話我們是不准進去以免危險。於是木典等四人就開始準備離去的用品。洞中陰暗終年無光

線，必須準備很多木棍滴上動物的油曬乾後製成火把，再帶著火石和肉乾等用品才能上路。

離開的這天木典等四人進入岩洞，這個岩洞是個鐘乳石洞，洞內掛滿了蝙蝠，每隻翅膀張開超過兩米寬，進入洞內果然再深一點處變得窄小，路徑一下朝上，但是一下子迅速又成朝下，木典等四人進入無阻也沒有遇到大型動物，只有一些小蟲、毒蠍，約進入兩小時後又突然變得更為窄小，木典等四人只能勉強擠進去，正在想要不要再進去的時候，一會兒來到一個大洞，大家豁然開朗都高興起來了。這個山洞比外面進來的洞還要大而且更深，木典等四人進入的口剛好位在洞的半腰，岩洞受到延古的火把照明變得非常光亮，很多透明顏色的石頭反射出五彩的光，洞底有一個小潭和一條小河，是由很多的鐘乳石滴水進入匯集成，潭水又順著小河流到一個洞出去。由這裡直看過去洞的另一邊有三個大小不一的洞，四人下到洞底先稍事休息喝水，吃一些谷中帶來的肉乾，順便想想該走那一個洞出去，小河流出的地方很淺，洞口也很小，無法進入，四人決定分成三組同時進入三個洞，為了怕迷路於是他們以邊走邊丟石頭的方式做計號，並約定在丟完手上的小石頭後回來此地集合。木典進入右邊的小洞，扇班和延古二人進去中間的大洞，高治則進入左邊的小洞。

高治進入山洞之後彎來彎去不多久就走到盡頭，只剩非常小的洞，一般人無法進入，所以很快的退回原集合點。扇班和延古二人進去中間的大洞，起先路很好走，後來就開始有些大岩石擋住，不過仍可從上面爬過去，再進入不遠處卻發現另有三個洞，兩人就隨便各挑一個洞進去，延古才進入不久就遇到一隻大老鼠，這隻大老鼠就像平常的狗一樣大，但是尾巴有身體的兩倍長，紅色的眼睛緊盯著延古，延古一看到老鼠馬上拿著矛刺過去，但是老鼠很靈活的左閃右閃的逃避，而且不時的用嘴和尾巴攻擊延古，經過一番激戰，老鼠終於受傷並慘死在延古的刀下。延古不敢再進入，怕有更多的老鼠，所以也很快的退出到外面。扇班進去沒有多久也同樣遭遇到大老鼠的攻擊，一番混戰後把老鼠刺死，同樣地退回外面碰到延古一起到集合地點。木典從右邊的洞穴進入，左彎右彎的走了一陣子卻碰到一條大蟒蛇，大蟒蛇有二十五到三十公分寬的身體，足足有六、七米長，不時的吐著舌頭、抬高頭、瞪眼看著木典，張開的大嘴足以吞下一隻大狗，盤踞在走道中間。木典左手拿著火把，右手拿著矛慢慢逼近大蟒蛇，蟒蛇似乎很怕火沒有前進攻擊，只是警得注視著木典的一舉一動，就在電光石火之間木典的火把虛攻蟒蛇並且把右手的矛刺向蟒蛇的頭下部大約七寸的地方，蟒蛇受到驚嚇本能的蛇頭退後並立即攻擊木典，這時被木典的矛剛好刺到，蟒蛇的攻擊衝力和木典的刺力兩者相加使得矛很容易得一下子刺進蟒蛇的頸子下面並穿透到上面來，蟒蛇臨死前尾巴掃向木典，可惜岩洞狹窄尾巴反而打到岩洞，蟒蛇身體翻轉捲了幾下就死去了。木典沒有想到這麼容易就得手，原來很怕又不敢返身逃跑，深怕蟒蛇可能游的比他還快，只好儘力鎮定，想辦法攻擊蟒蛇。木典殺死蟒蛇之後立刻退出岩洞和眾人會合，每個人講述各自的遭遇之後，研判蟒蛇可能以大老鼠為食，大老鼠數量可能很多，大家覺得可能從蟒蛇的岩洞進入比較安全，至少有四人可以合力對抗一隻蟒蛇，大老鼠如果很多，又竄來竄去很難對付，商議完畢大家就立即出發。

木典等四人經過先前蟒蛇死去的地方，發現蟒蛇比預估的還要長，差不多有八米長，木典單獨一人能夠殺死它真是幸運，木典等四人繼續前進，岩洞一直向下延伸，途中有零星的碰到老鼠都一一的被四人消滅，就在覺得沒有阻撓物時，四人走到一個比較寬擴的洞，此洞綠光閃閃，即使沒有用火把仍可清楚的看到周圍的景象，這時候遇上了另外一隻蟒蛇，這隻蟒蛇和先前碰到的蟒蛇幾乎一樣大小，不過看起來更粗，盤踞在一個岩洞的入口，四人來到此已經沒有退路了，立即展開包圍隊形緩步走向蟒蛇，蟒蛇也是很驚嚇，不停的吐舌作勢撲擊，木典已經有前次的經驗，站在蟒蛇的正前面並要求兩旁的人先嚇阻蟒蛇讓它退入岩洞，蟒蛇起初不肯就範，但是火光讓蟒蛇有一點無法適應，只能慢慢退回洞中，就在蟒蛇幾乎全身退回岩洞，木典即時展開攻擊，其他三人也立刻擲矛，不過這

次雖然蟒蛇被刺中頸部和身體但是並沒有立刻死去，木典手中仍握著矛被蟒蛇一捲就放手摔倒，蟒蛇立刻撲向木典，木典急忙向右翻滾，延古適時刺向蟒蛇，這一次由上往下刺入蛇頭的七寸，蟒蛇隨即無力的死去。木典等四人因為在洞中待過久覺得口渴，就把蟒蛇剝開取血喝了，立刻覺得溫暖精神百倍。眾人走上前才發現蟒蛇旁邊的岩石後面有另一岩洞，岩洞裡面有一些小蛇，四人不想另找麻煩直接由蟒蛇的身後岩洞進去，也不知走了多久，四人零星的碰上一些小阻礙也都一一克服，忽然間一陣涼風吹來，不知不覺已經走出來，外面天空星光點點，地面還有一些雪跡，眼前看到一片大地，木典等四人終於離開巨人谷。

第三章
遇上可西

西可和典木——子栗

一到外面有一種重獲新生的感覺，四人才發覺許久未進食，急忙在附近找一個地方休息順便用餐。第二天又開始出發尋找適合的植物，天氣越來越冷，幸好巨人們送了一些羚羊皮和鹿皮，還有一些肉乾短時間並不怕沒有東西可吃，四人覺得西北方找不到或許東北方才有想要的植物，所以開始一路往東北移動，東北方的英仙座和眾仙座也一路的召喚著他們的到來。

木典等四人順著東北方走，沿途綠樹漸少，可能是冷的關係路上沒有人也沒有什麼生物，甚至於連鳥都很少，這樣沿路尋找約兩個月左右，肉乾也早已吃完，動物也很少出現，他們已經吃野草和樹莖幾天了，就在尋覓當中突然發現一隻麋鹿在樹林裡，四人立即散開包圍著緩慢走向麋鹿，麋鹿似乎感覺到異樣，東張西望一下子，停止不動面向四人所在處，忽然間拔腿就往深山裡跑，四人也

急起直追，就在快追到可以擲矛時，扇班奮力一擲眼見麋鹿中矛撲倒下去，忽然聽到扇班慘叫一聲，眾人顧不得續追麋鹿，趨前看扇班跌入一個陷阱，當場被陷阱中的尖矛刺中身體要害，眾人立即跳入陷阱中搶救，扇班想要說話卻無法發出聲音，口一張開隨即湧出大量的鮮血，嘴巴發出咕嚕咕嚕的聲響，緊緊的拉著木典的手，眼睛慢慢的閉起來沒有了氣息了。大家哭成一團，想不到扇班幫助大家刺殺麋鹿，自己卻誤中陷阱。此時延古和高治起了想回家的意念，木典說：從出發到現在已經將近四個月，彼此都培養出濃厚的情感，扇班的過逝的確讓大家很傷心，尤其是在享用麋鹿肉時，但是我們出來的目的不就是為了讓族人免於飢餓，扇班也是同樣的目的為我們而犧牲，這之中最大的原因也是同樣的希望我們三人繼續努力尋求耐寒的植物，以避免族人挨餓。悲傷的三人就地埋葬好扇班之後眾人又踏上尋覓之路，此地附近應該有人居住，否則不會有陷阱，三人邊走邊留意人的足跡。

三人繼續往東北方向行走了數天，走到一個小山丘往東方看遠處有一條河流，已經很久沒有看到河流的他們匆忙得往前去，因為自從巨人谷出來之後這是首次看見河流，好久沒有喝到如此清涼的水的他們真是久旱逢甘霖。走下山丘不久來到一個樹林，這個樹林猿猴甚多，在樹木之間穿來盪去，看到木典三人進入也不怕，仍在樹上靈活的跑上跑下，不過仍有意無意的注意木典三人的一舉一動，再往前走一點看到很多果樹，雖然每顆樹結的果子不多，但是因為許多樹都了結果子所以看起來仍然很多。木典三人覺得有些奇怪，因為現在已經進入寒冬為何樹上卻結著果子？而且樹林的葉子看起來非常青翠，這和外面的枯黃樹木完全不同，樹林裡也感覺溫

暖一些，木典三人嘖嘖稱奇繼續往前行，發現地上有一些小坑洞會冒出陣陣白煙，且並伴隨著一股奇怪嗆人的味道，木典三人漸行漸深入樹林中，此時為傍晚但是奇怪的未見鳥兒歸巢，猿猴也不知道何時全不見蹤影，木典三人不想其他就直接趕到河邊。這條河流河面雖廣但是河水不深也不寬，雖是寒冬但是河流並未結冰，木典三人喝飽吃飽正想休息，高治忽然覺得地表震動著，雖然是很輕微的動，但是三人出來那麼久早就練就警覺性，一有風吹草動立即提高警覺，接下來有斷斷續續的震動，不過都好像從地底傳上來，有幾次木典三人恐懼著幾乎想要離開這裡，但是想到晚上別處也不見得安全所以忍耐下來，折騰了大半夜就在剛入睡不久，忽然間聽到轟隆隆的軋響，從林中奔跑出各種動物，衝向木典三人，三人急忙找地方掩蔽，就在此時大地忽然開始搖愰，並且上上下下開始震動，

西可和典木——子栗

越來越激烈，木典三人的躲藏地突然往上凸起，地表裂開一個鴻溝，硬是把木典和高治、延古分成兩地，而且迅速的向兩旁移動，木典差一點掉入裂縫，幸好即時拉住草叢，高治和延古站立的地表向下向右滑動，兩人急忙趴下，而木典站的地表卻向上向左移動，剎那間分開四、五百公尺，裂縫深不見底，木典雖然喊叫了幾次無奈地殼震動的聲音交叉著樹木和動物滾動、吼叫聲，高治、延古無論如何是聽不到，天崩地裂灰塵滿天也看不到他們了，地震來得快也去得快，雖然感覺搖晃很久，事實上只有短短幾分鐘，木典是第一次碰到地震，卻讓他終生難忘。

木典和夥伴分開後心想，他們二人在下游，不如避開裂縫往下尋找，沿途下山滑石不斷得掉落，地質鬆軟舉步維艱，不時的又有地氣冒著白煙沖出來，木典小心翼翼向下走得非常緩慢，本來想裂

縫再長也有限，應該走不了多久即可穿越，想不到走了快半天仍然無法穿越，而且越離越遠因為裂縫碰到大岩石竟然轉移一個方向，斜斜得往另一座山坳過去。木典也沒有什麼選擇只能繼續走下去。不知多久走到一片森林，裂縫也在此漸漸模糊不見，木典心想天色已晚不如去找吃、喝的東西，雖然現在時序已經進入寒冬但是此森林給人的感覺更加陰冷，在略帶寒霜的地面和樹上零散的雪片，加上一陣一陣的寒風不由得讓木典從心裡打了一個寒顫，木典信步走入林中想找一點吃的，走著走著看到遠方一叢矮灌木有一隻狐狸，木典輕墊腳步，屏息極為小心一步一步移到狐狸的上風處，狐狸顯然正專心的在找兔子或是地鼠不停的嗅和抓灌木叢中的地洞，木典慢慢挪動到距離狐狸不遠處，正想再挪近一點擲矛時，忽見下風處有另外一個人的身影，「不妙」的念頭一閃，急忙用手勢示意對方

西可和典木——子栗

不要動，但是對方卻似乎急於捉住狐狸硬是再往前趨近，木典此時也不理對方立即拋矛出去，因為距離有點遠又狐狸已經嗅到、警覺到危險一溜煙逃逸，木典功虧一簣眼睜睜的看著狐狸從眼前跑掉，怒不可遏轉頭面向來人，這才發現對方原來是一名女子，此女子看起來相當年輕約十八歲上下，蛾眉、鳳目、朱唇、鵝蛋臉，臉的輪廓較本族人深，看起來非常漂亮，皮膚白裡透紅，穿著老虎皮裘，手上拿著矛，腰上插著小刀，此時正怒目看著木典。不待木典說話此女子驕喝道：你看你做的好事，賠我一隻狐狸！木典：妳才要賠我的狐狸，我站在上風處又離狐狸已經很近，本來可以立刻捉到狐狸但是被妳從下風處露出氣息讓狐狸提早警覺，妳要賠我的狐狸！那名女子立即反駁道：是你先搶著擲矛不準才嚇跑狐狸，如果你不出手我一定可以捉住狐狸，你還來說我。雙方唇槍舌劍你來我往重複論述各人的理由，越講越大聲爭得面紅耳赤正準備動手時，忽聽遠處一陣狼嚎聲，木典和此女子都很機警的立即停止爭辯躲到一旁，沒有多久看到五隻斑鬣狗追著狐狸從旁邊不遠處奔馳而過，木典和女子這時才鬆了一口氣，兩人互看了一下忽然間覺得沒有什麼好爭吵又有一點好笑，因為兩人相爭的狐狸瞬間變成斑鬣狗的獵物，木典也不再和女子爭吵，忽然想起狐狸聞嗅和抓灌木叢中的地洞，立刻閃到灌木叢中的地洞觀察，發現此地洞在灌木叢的另一端又有一個出口，此女子看到木典的舉止也大概知道要做什麼，馬上跑到另一個洞口守候，木典找了一些樹枝升起火，拿到地洞口並且用一把樹葉扇煙進入地洞，沒有多久跑出一隻瘦小獐子馬上被女子捉住，這時天已經暗下來，木典和女子沒有說話，女子把獐子遞給木典，木典用剛剛升起的火處理烤燒獐子，這時候木典才問起女子

栗子——木典和可西

的姓名，女子說：她叫可西，是住在離此南邊約三天路程的太革族人和另外兩位同伴出來狩獵，中途因為地震另外二人先回部落，而她自己想再找找看有沒有獵物，想不到就碰到你。隨後木典也自我介紹，並說明他是因為尋找耐寒果物而到此地，途中有一個同伴誤中陷阱而死，還有另外兩位同伴也因為大地震而分開明天會去找他們。用完烤肉兩人再聊一些各自部落的狀況和乾旱日漸嚴重的事，直到深夜才各自休息。次日一大早可西建議木典由她帶領去找會比較快，因為她對此地比較熟悉，大概知道高治和延古可能前往的方向，木典人生地不熟有人帶路自是求之不得立刻出發。

高治和延古看不到木典，也不知道木典的生死，相隔一條又深又寬的裂縫，原來的河流因為地震被切成好幾段，現在處的地面變得鬆軟，而餘震又不斷，研究後想找一個地點休息安頓，看看是否能夠等到木典來會合。兩人猜想木典可能的行徑也往同一個方向去，沿著裂縫走下去，走著走著來到一處崩裂的巨石前，巨石劈成兩半中間跑出很多的黑螞蟻，每一隻螞蟻都有成人的拇指般大小，成千上萬隻螞蟻遍佈白色的巨石，高治和延古向下一望地上也都是，有些甚至跑到二人的腳上，嚇的兩人飛奔離開，一面跑一面抖掉身上的螞蟻，跑了一陣子之後才總算遠離蟻窩，不過兩人腳上也被咬得腫起幾個大包，無可奈何的兩人急忙尋找止痛草藥，還好在南方靠山邊有一些松樹，高治趕緊跑過去從松樹下挖出茯苓，延古跑去找一些白芷，採來打爛用樹葉把腫脹處包起來綁好，此時天已暗下來，抬頭看到樹上有幾隻松鼠，兩人急忙捉了隻來烤食當做晚餐，並在此處休息一晚。隔天清晨醒來發覺腳上的傷已經好了大半，昨天匆匆的跑來並沒有仔細看附近的地形地勢，直到現在天空

栗子——木典和可西

光亮站起來始能看清楚，他們位於一個丘陵邊，此地樹木茂盛以松樹、柏樹和一些小形針葉樹為主，其他還有一些灌木，東面不遠處有一些岩石堆積成的山，山形陡峭，只有少許幾處岩縫冒出數棵老松，山下過來一點似乎有一小水塘，由於反光的關係看並不清楚，高治和延古決定前往看看，看起來不是很遠的山，走過去卻足足花了三、四個鐘頭才到，地震顯然對石頭山沒有什麼影響，沒有看到落石的痕跡，此外果然有一水塘並不小叫它是湖不為過，湖水並沒有結冰，應該是石頭山和丘陵的水集中流過來的，山邊到水塘仍有水流的痕跡，只不過現在是冬天看不到河水，水塘也變得比較小不過仍然大的讓人覺得很賞心悅目，水塘邊、樹林中不時可以看到金鳳鳥在飛翔，石頭山上有成群的野猴子在上面亂竄著，有的爬到石縫中長出來的松樹上盪來盪去，嘶牙裂嘴，高治和延古喝完水之後

決定在此等待木典。

木典由可西帶領下直接往石頭山的方向前進，一面說明為何往那個方向走，因為這個地方往下百里都沒有水源，只有那裡有一湖水，而且聽你說明地震之後的狀況和你們的目的地所以判斷他們也應該會往那裡去休息，你聽我的準沒錯。兩人邊走邊聊這樣子走到將近天黑果然找到高治和延古，三人終於重逢，有說不完的話，當晚就在此地休息，木典向可西說：我們明天會出發往東北方去，先向妳說再見。可西說：我們的部落就在離此東邊約一天路程的地方，我也要回部落，你們要不要繞道一下去看看？木典和高治、延古商量後覺得路程不多，去看看也好。木典對可西說：那我們就去看一下，也許妳們的部落可以讓我們學習進步。次日清晨木典等三人在可西帶領下直接返回太革族。太革族事實上就是在石頭山後面

栗子——木典和可西

約兩百公里的森林中，此森林的林木並不密集而是有一點扶疏，森林也不大，林中有小河流過，河道原來應該有五十米寬，但是目前是寒冬河道縮小成一半而已，小河河水清澈，可以看到小魚悠遊其中，族人的木屋散佈在小河的一邊，外圍同樣有用柵欄圍住，柵欄外圍又用削尖的木頭朝外插滿，大約在柵欄的中心點設有瞭望台，柵欄再過去一點距離就是森林的邊緣，再外面就是沙粒、碎石地一直到石頭山的半路才有一些零亂的樹木，河的另一邊沒有住人，大概因為樹木較少，岩石較多，遠處可以看到有一充滿岩石的小山丘微微隆起。

木典和可西等四人於兩天後的傍晚回到部落，守柵欄的太革族人雖然開了門讓木典三人進入但是仍然充滿敵意，一群人持續包圍著木典等三人，只有可西喊說：來的是朋友不是敵人。並要族人走開，可是一群人仍然強悍的隨著可西一直走到部落中間一棟屋子前，一位中年人和婦人與一位年輕人、一少女等在那裡，可西趨前喊一聲：爸爸、媽媽我回來了。我帶了三個朋友回來。年輕人和少女好奇的瞪眼看著可西後面的木典、高治和延古並問：他們是誰？這時候木典、高治和延古走到可西的父母前面，可西：這三位是我在石頭山外面相遇到交的朋友。並隨後簡單的敘述相遇的經過和木典等三人的來由。接著眾人在可西父親的引導下進入屋內大廳並相繼坐下，可西立即介紹她的家人給木典等三人認識，婦人是可西的母親—李恬，父親叫做梅立，少年是可西的哥哥叫做司模，少女是可西的妹妹叫做可莉，介紹完畢後可西接著說明木典等三人為何會來到這邊的原因，木典也適時的補充說明，大家討論的相當熱烈，當晚梅立請族人準備歡迎晚餐，這時候太革族人差不多都知道木典

栗子——木典和可西

等三人的到來消息，大家議論紛紛，因為當時部落間較少與外人互動，有時甚至於為了食物、勢力範圍征戰，有客人到來並不多見，太革族人生性強悍，不善使用頭腦，對於木典等三人仍懷有敵意，只是因為是可西的朋友，可西又是族長的千金，大家才勉強接受。歡迎晚餐在部族廣場舉行，有一些長老和族內優秀的青年也來參加，族長介紹木典等三人給大家認識，並說明三人此行的目的，同時也決定找人去尋找耐寒植物。晚餐又歌又舞熱鬧非常，可西多次與三人歌舞玩樂，尤其是多次和木典一起，看在太革族的年輕人的眼中有一點不是滋味，有時候故意拉木典一起跳舞捉弄一翻，其中以一位叫做邁樹的青年人最為激烈，因為他私底下裡很喜歡可西，邁樹的父親也是族內的長老叫做赤誠，年輕時也是族裡大家公認的優秀青年，另外邁樹的朋友亦泰卻很喜歡可西的好友英也，其他還

有幾個優秀青年也都暗中較勁，幸好可西適時解危而木典也大都能夠應付過來，可西也介紹她的好友英也和節秀給三人認識，所以高治和延古因此也和英也和節秀玩的很高興，英也似乎也對延古頗有好感，次日清晨木典等三人想要告別可西和其他太革族人，一方面覺得不宜在此地打擾過久，一方面也想早一點完成任務，雖然木典等人仍有一些依依不捨，不過覺得族人的任務還是比較重要。梅立卻是希望木典等三人能夠再停留二至三天多看看，順便他們也要選幾位勇士同行。可西對木典說：不論有沒有選出勇士，你們可以多留一、二天看看嗎？木典有一點猶豫，不過最後仍然回答：好吧！我們就多留一，二天。邊說邊看了高治和延古一眼，高治和延古也很猶豫，所以沒有說話，木典等三人於是就多留下兩天，不過太革族選出勇士的過程並不順利，因為是族長梅立想用指派而非用其他

西可和木典——子栗

比賽的方式選出，因此引起族內其他沒有被指派的青年不滿，可西也想加入，但是父親梅立不同意，認為外面危險，也不讓他的哥哥司模出去，族裡各式各樣的意見都有，有的家庭認為需要、有的家庭不認同，有青年想出去，家長不同意、有青年不想出去但是家長卻想讓他出去，雖然梅立族長平時很專斷，沒有什麼好商量但是碰到這麼意見紛亂的情況到是頭一次，況且木典等三人還在這裡，梅立不想在客人前面表現的很糟糕，直到兩天後梅立決定第三天召開長老大會來選舉，所以木典等三人這兩天並沒有看到勇士選出來就告別可西和梅立，梅立知道再也無法留住三人，可西卻是百般不願意但也無可奈何，為三人準備了一些肉乾等用品，並送三人走出柵門。

第四章
可西出走

栗子——木典和可西

木典告訴可西他們會繼續往東北方前去尋找耐寒植物，所以木典等三人離開太革族之後也就照著預定目的地東北方向走。

第三天梅立召開長老大會，會中各種意見都有，有的認為根本不須要出去尋找，有的認為找有意願的去，有的認為用抽籤的方式，有的贊成由族長指派，也有的希望用比賽產生，有的認為還是由長老推薦，各式各樣的意見莫衷一是，因為梅立知道木典族人是用比賽的方式產生的，所以最後由梅立裁決，先由長老推薦二十名勇士再進行比賽選出四位勇士。隔天推薦的二十位勇士名單很快得交到梅立手中，梅立思考的是要不要讓兒子司模參加比賽，雖然司模表現出想出去的樣子，但是梅立卻擔心唯一的兒子司模出外的安危，遲疑不決，到最後仍然決定不讓司模參加比賽。

比賽的方式也很簡單，把二十人分成五組，每組四人看那一組先捉到活的猴子和石頭山旁的湖裡的鱘魚回來，那一組就是贏家，這個地區只有石頭山有猴子，平常一群人要捉到一隻猴子就很困難，何況只有四人又要捉活的，這是須要考驗每一組能不能團結一心、事先擬定計劃和執行力的大考驗，因為猴子本身沒有什麼食用價值又難抓所以歷代祖先並沒有留下特殊的抓猴子經驗，這也是太革族的長老們想出的方法，因為到現在為止仍然沒有抓猴子的方法。

邁樹和亦泰、達德、威士三人分到一組，五組人隨即出發，鱘魚在石頭邊的湖裡大約每尾有一百五十到兩百公斤重，體長一百五十公分到兩百公分，當時是用兩人一組乘坐枯樹幹，同時有數十組人用樹枝叉著小魚為魚餌，置於湖上飄流，但鱘魚貪食會衝上湖

栗子——木典和可西

面一口咬入之時，太革族人乘機擲矛，如果射中鱘魚頭部要害，鱘魚即使掙扎潛入湖中不多久就會浮出水面，眾人再共同抬回，不過這是在多人圍捕的情況下，如果只有四人就難度增加很多，必須要眼睛，耳朵和擲矛準確度很好才能很快的捉到鱘魚。邁樹和亦泰、達德本來就是好友，找到威士商量決定準備大量的樹葉及小樹枝先放在石頭山下定點，並準備好樹皮藤索，再由四人爬上石頭山圍捕猴子，石頭山說大也不大，說小也不小，大約有十個足球場大，高度約有五層樓高，由下往上看都是石頭，不過爬到山上一看又另有洞天，原來石頭山中央向內凹下長了很多柑桔果樹，好像一個茂密的水果樹林，但是石頭山上距離邊緣五十公尺內卻都是岩石，除了一些小草什麼也長不出來，一切也都按照四人的計劃，四個人右手拿著火把，左手拿著樹葉及大把的樹枝，由順風處開始燃燒手上的樹枝，樹枝一經燃燒產生大量的濃煙，隨即吹入林中，四人一排把煙送入並籠罩整個果林，猴子受不了煙燻開始向後、向外逃竄，四人也開始拿著火把、樹枝往樹林內走，四人走到樹林中心處的時候，隨即丟棄樹枝，其中邁樹用力跑到山下預定埋伏地點，並且拿著事先準備好的大樹葉和樹枝，另外三人仍拿著火把在石頭山上驅趕猴群到預定埋伏的地點，猴子受到驚嚇的亂衝亂跳，三人也越趕越快，並且縮小包圍圈，就這樣終於有一隻猴子不小心掉落到埋伏地，邁樹趕緊連同大樹枝一起撲罩過去，壓住猴子不讓牠動彈，由於地上鋪設厚厚的樹葉，所以猴子並沒有受傷，另外二人也陸續趕到一起把猴子綁住，亦泰不小心還被猴子咬傷，不過總算完成第一個考驗，此當中威士已經先趕往湖邊捉小魚當作餌，接下來連忙趕到湖邊準備捕捉鱘魚的任務。

栗子——木典和可西

三人捉住猴子來到湖邊已經有其他組正在湖上捉鱒魚，威士已經捉到幾隻小魚並且綁在樹枝上，四人分乘二艘木幹船放下魚餌，並且划開到約二十公尺外，眼睛專注的看著湖面魚餌處，靜靜得等候著，約莫一刻鐘左右，突然一隻魚頭竄出，立刻咬下魚餌，四人不待示警幾乎同一時間拋射出手上的矛，其中有一隻矛射中鱒魚的背部，鱒魚也連同矛一起迅速沉入水中，一下子就又被矛的浮力而浮起來掙扎著，一下子又沉下去，這樣來來回回浮浮沉沉幾次後，魚終於不支的浮在水面，此時四人因為隨著魚的不定點沉、浮，划來划去的跟蹤魚也已經相當的疲累，最後終於能夠捉到鱒魚。四人立即趕緊回到部落，此時才知道其他四組尚未回來，聽說四組都是先捉到鱒魚之後再去抓猴子，因為如此所以在捉拿猴子時並未看到其他組，邁樹這一組獲得最後勝利。四人也立刻準備出外遠行的用品。可西看到邁樹這一組獲得勝利即將遠行，不知怎樣的心中想出去的念頭卻越來越強烈，有著立即想跑出去的慾望，尤其邁樹對於木典不懷好意，這讓可西更加擔心，隔天中午後即藉口出去找食物和英也、節秀一起出外，第二天邁樹這一組也準備好出發，因為可西昨日沒有回來，所以梅立要求邁樹四人順便找看看，因此大家也都往東北方前進。

原來可西是和節秀、英也早已商量好，就在木典三人決定要離開時就想跟著出去，當她得知邁樹贏得勝利，讓牠她更覺得木典三人有危險，所以就和她的好友節秀、英也計劃好，提前一天出發去找木典給予警告，這時木典三人離開也有一星期了。

木典三人離開太革族後一路尋找在部落可種植的耐寒的果物，因此前進的速度並不快，甚至可以說是相當的緩慢，時直冬天越往

粟子——木典和可西

東北方走就越覺得寒冷，可以吃的東西也越來越少，一路走來所看到的景物也越是荒涼，能夠看到的植物也越來越少，這天走到一個乾涸的河邊，高治對著二人說：離開家族已經很遠了，我們的任務是不是失敗了？我們要不要回去？難道要一直走下去？延古說：天氣實在越來越冷，往前走不知道能不能找到想找的東西？樹木也越來越少，所要找的植物真的存在嗎？木典並沒有接著說話，只是心事重重的低頭沉思，接著一陣靜默，大家都不再發言，也沒有再往前走，時間彷彿一下子凍結起來，隨著時間彷彿過了很久之後，木典終於打開沉默說：天氣雖然寒冷但是我們還可以忍受，可是族內的父老、妻女、幼小將來能夠忍受飢餓嗎？我們是大家選出來要完成任務的人，大家期待著我們可以帶回一些植物，即使拿到這種植物也不見得能夠在部落種活起來，所以我們三人一定要更努力去找。延古說：我很喜歡研究和觀察植物，在這麼寒冷的氣候仍然能夠生存，並且長出果子一定很不容易，我不知道能不能找到，但是有機會我倒是很想看看這種植物。這時高治已不再堅持自己的想法，雖然他的心裡面仍有很多的疑問和思考，不過既然二位同伴都已經表明要繼續尋找，除非自己先行回去否則也只能往前，但是他不想這樣，高治說：好吧！我們就繼續去尋找植物，不過現在天黑的比較快了，趕快去找一個可以休息的地方再說。三人沿著乾河床往下游去尋找食物和飲水，這個河道兩旁都是高山，走了將近半個時辰左右，他們來到河床的盡頭，也不能說是終點，因為河流來到此已經沒有陸地，而是一個斷崖，往下掉入約一百公尺高的地面，在地下形成一個深潭，深潭的前方再形成河流，不過河水流出得很少，潭水由上面往下看起來並不深，原因是現在為枯水期，上游也

許是結冰或老天不下雨過久已沒有水流下來，三人連忙趕緊尋找可以下去河道的路，要是平時雨季大水時河道兩旁會淹沒山壁，形成大瀑布要下去是不可能，除非直接往下跳，因為現在已經有一段時間沒有水所以也沒有水苔在崖壁上，三人在左側山坡地找到一個可以連爬帶跳的坡道緩緩的爬下去，大約經過半個小時三人終於來到下面水潭邊，此水潭面積約有一個足球場大小，由上面看下來似乎不深的水潭實際上卻是相當的深，水的顏色呈現出墨綠色，水潭的水向山壁底下的凹處一直延伸進去，不停的似乎有流水湧出，好像又有河道在山壁地下裡，由下往上看相當得高，平時有水時形成的瀑布應該是非常得壯觀，現在是寒冬但是潭水水溫卻比氣溫高，延古跳入潭邊游泳玩著水起來。因為天已經暗下來，三人隨即胡亂吃了晚餐後在潭邊靠近山壁的地方休息過夜，晚上只聽到潭中不時有

物體跳出水面的聲音，然後再潛入水中，就在早上四更左右人清晨，忽然聽到有沉重的呼吸響聲，木典警覺得跳起來，忽見兩隻劍齒虎從樹邊走過來，已經靠近三人三十尺附近，木典趕快吆喝高治和延古起來，三人急忙拿出武器並想找地方躲藏，可惜岸邊並無遮蔽物，兩隻劍齒虎本來要到潭邊飲水，一隻母的一隻公的忽然看到三人似乎也嚇一跳，三人的背後是潭水，前面是兩隻劍齒虎，左面是山壁，如果在平時一隻劍齒虎三人就已經很難對抗何況是二隻劍齒虎，三人邊吆喝邊想如何處理，如果三人各自逃避就一定會有人會被劍齒虎撲殺，因為劍齒虎跑的速度比人快，但是三人合力抗虎也是自不量力，正想不如跳入潭中或許可以逃離，忽然見到在明亮的月色中一隻有獨角的麒和一隻無角的麟，也要來到潭邊飲水，麒、麟的形狀好像馬，樣子又像鹿，尾似牛尾，前後腳都有爪，頭

的形狀像威猛的公獅，但是嘴巴又像老虎，三人未曾見過此種獸類，劍齒虎本來已經準備撲殺三人，忽然聽到背後有類似打悶雷的聲響，回頭一望，四隻動物忽然間互相看到皆靜止不動，只見麒、麟看了一下劍齒虎又彼此互望一下，直接走向潭邊，劍齒虎似乎不曾見過麒、麟咆哮一下，劍齒虎看到麒、麟不懼怕也不為所動，劍齒虎現在反而不知是先對抗麒、麟再殺三人，還是先殺三人不理麒、麟，不過劍齒虎仍然為了保護它的獵物選擇撲向看起來比自己大又威猛的麒、麟，只見麒、麟忽然間抬頭大聲吼叫出像雷一樣的聲音，而且由口中併發出火光來，劍齒虎本要撲向麒、麟忽然間聽到巨響和火光嚇了一跳倒退數步，無心戀戰，威猛盡失，很快得落荒而逃跑進森林中，麒、麟也不追劍齒虎，木典三人如釋重負卻又得面對不曾見過的麒、麟，三人慢慢得退入潭中靜觀其變，麒、麟倒是不慌不忙從容得走到潭邊飲水，數分鐘後麒、麟看了一下三人就逕自轉身離開。木典三人深深的鬆了一口氣，趕忙從水中正要走上來，延古的腳底覺得似乎踩到一個尖銳的東西，正要抬腳起來就感覺到小腿一陣刺痛，慘叫一聲，也顧不得痛就拼命往岸上衝，木典和高治雖然不明就裡但是覺得有一條似蛇的東西游過身邊，所以也跟著一起往岸上衝，一到岸上發覺延古的腳被某種動物咬了一口，從傷口看起來好像被鱸鰻咬傷，鮮血直流，木典和高治急忙替延古止血、敷草藥，找一些大葉子再綁起來，忙亂一陣子，由於延古受傷了，大家決定先休息一天，而且並不急著趕路，因為對於明天未來的方向三人是有一點迷惘不知如何是好。

可西過去離家從未超過一星期，這次的離家不知要多久方能回來，心頭上總是些許不安，不過情竇初開和年輕人的判逆性大大的壓過這些不安，她用了一些時間說動節秀和英也一起出來看看外面，而節秀和英也存有太革族的強悍血統和年輕人的判逆性，是故一拍即合同意出來。

栗子——木典和可西

可西和節秀、英也一路追蹤木典三人出來，因為了解木典三人是往東北方向走，所以一路上也都能夠找到三人的足跡，就在出來的第五天傍晚，可西三人來到一個稍微密集的樹林，樹林旁邊有一片沼澤，這個地方是可西三人第一次來到的地方，可西三人吃了身上所帶的乾糧後，感覺糧食日益減少，可西心想有沼澤和樹林，此地出沒的動物一定不少，也許可以捕捉一些野獸作為肉乾糧，於是和節秀、英也商量進入樹林裡去打獵，三人手中拿著矛小心翼翼的往樹林內走去，此時是嚴冬樹林內看不到甚麼小動物，走著走著三人來到一棵大樹前，這棵大樹的樹幹足足有十米寬，樹幹底部更是

有二十米寬，樹幹底部有一個大洞，此大洞約兩、三人高，寬也差不多兩米左右，裡面暗黑伸手不見五指，幽暗的空氣中傳來陣陣得惡臭，三人憑著直覺知道裡面有生物吃過的腐肉，三人在外面思量著如何進入一探就竟，三人在樹洞口猶豫不決，因為天空也漸漸暗下來，三人也不敢冒進，覺得此地危險先行退出森林，也幸好三人沒有進入洞中，不然也會成為此洞中猛獸的晚餐，原來此洞穴為安氏獸（Andrewsarchus）的藏身之所，安氏獸當時正在裡面享用牠的晚餐，並沒有理會外面的三人。

隔天清晨木典三人繼續他們的探索之旅，延古腳傷幸好已經沒有什麼大礙，由於所在的位置向東北方和東邊是大山擋住無法向前進，所以只得先向東南的方向走，輾轉穿過一座森林之後眼前的景象卻令木典三人不禁深深得吸了一口氣，因為木典三人所在的位置是一個丘陵高地，向山下望去有幾百隻的猛獁象，最大成熟公的猛獁象長約九米，猛獁象三、五成群的在樹林、草叢間喫食、嬉戲，過去木典只聽說有猛獁象而從未見過，如今不但見到而且看到很多隻，三人駐足看了一會兒正想離開往山下走時，忽然間山下右側的樹林起了一陣騷動，有一隻猛獁象不停得跳起來，並且大聲吼叫，只見草叢中竄出一群人，手中的矛不停的攻擊這隻猛獁象，另一方面又有一群人騎著馬從較遠處的林中奔向此猛獁象，手中的矛也不停得擲向猛獁象，有兩人一組各拿著藤繩的一端跑到更遠處，把藤繩纏繞在兩棵樹之間，猛獁象身中十幾隻矛受傷並且驚嚇轉頭就跑，這一群人更在後面么喝、攻擊，猛獁象慌張得轉頭往前衝，兩旁又有騎馬的人追趕，這樣猛獁象被追趕到預設的藤繩陷阱，猛獁象衝跑的過快，不知是看不到藤繩，仰或是看到也不顧一切往前想衝過去，腳一碰到拉直的藤繩立即往前重重得摔了出去，兩棵樹也被這巨大的衝擊力道衝斷了一棵，猛瑪象本來已經受傷又往前一摔四、五十公尺遠，倒地呻吟不起，被隨後趕到的人重刺頭部而死，其他的猛瑪象卻只顧逃命，並沒有理會那隻死亡的猛瑪象，也許是因為草食動物並不善於攻擊，或許動物中只有人類才是牠們的天敵，那群人隨即就地支解猛瑪象成十幾塊，綁在馬後拖曳迅速離去，前後不到一個鐘頭，林子隨即恢復原來的平靜，像似什麼事也沒有發生過的一樣，猛瑪象群又慢慢的回到草叢間喫食。木典三人雖然是旁觀者但是卻是無比的震撼，第一次看到猛瑪象，也第一次看到猛瑪象被屠殺，傳說中的猛瑪象是那麼巨大，卻也敵不過相對渺小而合群的人類，木典感嘆之餘也讚嘆這些人的頭腦聰明，木典三人隨後繼續他們的行程。

栗子——木典和可西

可西和節秀、英也隔天尋著木典三人的足跡追蹤下去，就在傍晚時分來到木典三人駐足的乾涸的河邊，不過她們三人卻想在此休息一晚再起程，因為看到木典三人的足跡零亂的散佈在此四周，似乎是停留一段時間，另外三位女生覺得時間已經晚了正好就地休息，就在隔日清晨五點左右，三人睡得正熟，忽然聽到地面有腳步震動的聲音，緩慢得由遠而近，三人立即警覺得跳起來，躲到大樹後面，才剛剛躲起來就看到兩隻大黑熊走過來，直接走到三人昨晚吃完的肉骨邊，勉強吃了幾口三人吃剩的骨邊肉後，有一隻似乎意猶未盡，忽然抬起頭來看向三人躲藏的樹，三人急忙屏息，大黑熊似乎覺得大樹後面有人，已經開始緩慢得走向大樹，節秀忽然想到是三人身上帶來的肉乾讓大黑熊聞到，立即跟可西和英也指指隨身的包袱，並作出吃肉乾的樣子，此時大黑熊走的越來越快，可西比

個手勢，三人立即轉頭沒命的奔逃，天色仍然黑暗，也不清楚是往那個方向，三人只有拚命的往後跑，兩隻大黑熊看到有人先是嚇一跳，隨即也追向可西三人，起初兩隻大黑熊亦步亦趨的在後面追趕，不過因為身材巨大，可西三人又在樹林內忽左忽右跑動，追趕一陣子後漸漸的離可西三人越來越遠，再跑一下子也就放棄追趕，可西三人再跑一陣子看到兩隻大黑熊確實不再追來才敢稍事休息，但是定過神後卻已不知道自己身在何處，只見周圍古木參天，巨樹林立，現在已經是天亮但是茂密的森林內卻是幽暗無比，偶而可聽到幾聲蟲鳥鳴叫，現在雖是白天，但是天空卻非常暗，突然開始下起雨來，這裡也沒有制高點可以觀察地形，但是想了解木典三人往何處去，唯一的方法便是回到駐足的乾涸的河邊，但是雨水已經把三人的足跡沖走，再回去恐怕也找不到木典三人的足跡，更怕的是

栗子——木典和可西

再碰到兩隻大黑熊，可西三人在無可奈何之下開始尋找原來過來時的足跡，原路再小心慢慢的走回去。剛才慌忙中亂跑沒有注意到跑過一群亂岩堆，可能天色暗了，也可能走錯路了，走過較茂密樹林後來到很多類似劍山一樣的地區，一棵棵像大樹一樣的岩石，頂上尖尖的，從而開始往下層慢慢得粗大起來直到地面，看起來就像似岩石作出來的樹，有大有小，大的岩樹有百米高，小的岩樹只有平常人高，大大小小的星羅棋布各處，一走進去有如迷宮，幸好一早進去時留下些許足跡，可西三人小心翼翼的往回走，就在走到一個大岩樹下時，驟然見到一隻大黑豹，大黑豹忽然見到可西三人也嚇了一跳，可西三人立即拿出長矛圍攻大黑豹，大黑豹非常兇猛頻頻作勢攻擊可西三人，可西三人和大黑豹一時之間形成勢均力敵，如果是在空曠的地方可西三人是可以打敗大黑豹，但是在此岩樹中反

而因為岩樹的阻隔，加上大黑豹靈活的跳躍，可西三人很難以團體方式圍攻，尤其下著雨視線模糊，雖然岩樹可以是可西三人的危急護身符，但是相同的也是大黑豹的護身屏障，三人的長矛在這個地形反而難以出手，雙方纏鬥激烈，大黑豹忽左忽右，忽前忽後弄得可西三人拼命阻擋大黑豹的攻擊，就在雙方糾纏不清時，英也一不小心左手被大黑豹抓傷，此時三人已經呈現弱勢，就在危機漸漸逼進時，忽然聽到遠方有吵雜的嚎叫聲慢慢向此地靠過來，大黑豹一左一右的跳躍再往旁邊縱身一溜煙的跑掉了，可西三人此時如釋重負的喘了一口氣，只聽到遠方的嚎叫聲越來越近，為了避免多生事端，可西三人選擇先行離開此地。三人先走出這片岩林，來到另外一片樹林內，可西和節秀立即為英也包紮止血，此時雨也停了，天空立即呈現出美麗的彩虹，太陽傾瀉熱烘烘的光芒，充滿著大地，

栗子——木典和可西

在嚴冬的現在更是難得，就在三人盡情的享受這片刻的溫暖和美景時，左邊的森林中傳出一陣陣的馬蹄聲，還有人們的呼叫聲，漸漸向這裡靠近，此地的樹林並不密集，不容易躲藏，可西三人只得迅速的向樹林另一深處奔逃。可西三人自小在族裡就常常聽過長者提到在北方有一外族精通騎馬狩獵，爭強好勝，生性非常強悍，連巨大的猛獁象也難逃他們的殺戮，他們的人皮膚長的較白所以外面的人稱他們為白族，又稱餓白族，因為他們的族人喜號吃肉，食量極大，聽說沒有肉吃的時候還會吃人肉，因為如此其他部族會避免遇到他們，可西三人因為聽到馬蹄聲，馬上警覺到可能是餓白族，所以趕緊快逃為上策。

可西三人慌張的往樹林中跑，但是後面的馬蹄聲卻越來越近，好像似追著她們而來，此處樹林還不是很密集，可西三人儘量往樹木比較多的地方跑，而且是彎彎曲曲的跑，可是感覺上好像後面的馬也一樣馬不停蹄一樣彎彎曲曲的跟著跑，跑來跑去最後看到一棵大樹三人想都沒想的很有默契地直接往上爬，就在三人躲好起來時，忽然看到一隻巨山豬（Entelodont）沒命的衝跑過樹下，巨豬的體型有如馬一樣大的山豬，雜食性甚麼東西都吃，牙齒上下各有兩隻大獠牙，群居性，孔武有力，是當時的猛獸，就是連老虎也不怕，後面騎馬追趕吆喝的一群人也立即穿過樹下，此時三人終於能鬆了一口氣，並且也看到這些人真的是白皮膚，五官輪廓鮮明，大眼睛、大鼻子，說話的方法和語言也完全不一樣，三人直到確定白族人離去很遠才爬到樹下，準備繼續往東北方向走。就在三人整理好出發走了數公里左右時，突然又聽到有吵雜的蹄聲朝她們方向而來，而且這地方並無大樹可以攀爬躲藏，怎麼會接二連三碰到這種事？大嘆倒楣的三人急忙逃跑，三人開始是往一片小山坡地跑去，看是否可以找找看遠方哪裡有遮蔽物，或者可以看蹄聲是什麼動物，可是跑上斜坡再往四面八方看，一忘無際卻沒有什麼遮蔽物，只見十幾隻的巨豬跑向這邊，似乎是聞到三人的味道而來，後方只有一些矮灌木，矮灌木的後方並看不清楚地形，而左右兩旁更是只有一些雜草，三人無奈只有往矮灌木的後方跑去，等到三人跑過矮灌木之後卻心都涼了半截，矮灌木後方並沒有通行的路，只有深約五十公尺的斷崖，眼看著豬群越來越逼近，三人毫不猶豫的往左邊的斜坡跑，不過運氣還是沒有站在她們這邊，跑向這斜坡東彎西拐得卻是來到另外一邊的斷崖，豬群隨著三人跑到剛剛停留的斷崖，立刻又轉彎也跑向這邊過來，眼看著豬群逐步逼近，前有追兵後有斷崖，三人顧不得斷崖的凶險，看到稍微可抓爬的地方就往下爬，

此斷崖約有四十公尺高，斷崖中間長有一些小樹，崖壁上的岩石凹凸不平，可西先選了一個比較有凸出點的地方往下爬，英也緊跟在後，其次再來才是節秀，很幸運的鼓起勇氣東爬西爬竟然讓她們三人爬到矮樹上，矮樹距離地面仍約有一、二十公尺，此高度雖然看起來比較不那麼害怕但是掉落地面仍然可能會非死即傷，雖然暫時沒有生命的危險，但是一直在此地也不是辦法，三人在樹木上待了半天覺得口渴又無法休息時，可西忽然跳起來說：大家一起幫忙摘樹枝葉集中丟到下面去，或許我們可利用枝葉的緩衝性幫我們減少受傷的機率。於是可西三人開始忙碌的摘樹枝葉，這半山崖沒有大樹卻長了不少小樹，而她們所待的地方也是小樹最多的地方，雖然人在半山崖拔樹並不容易，不過這是比較可行的方法，三人很努力的採摘樹枝葉，不一會兒功夫已經收集很多樹枝葉並且集中丟到下

面，直到看起來堆的樹枝葉厚度有一個人高，而且附近也已經幾乎沒有樹枝可以拔的時候，三人才停止，這時候三人面面相覷，雖然樹枝葉的厚度有一個人多高但是要跳下去還是會怕，這時可西說：這是我的主意讓我先跳好了。說完即縱身往下跳，只聽到啊—的慘叫一聲，可西完全陷入樹枝葉中，隔了一會兒才從樹枝葉中走出來，可西連忙再從新整理樹枝葉，節秀和英也也相繼跳下來，三人這才高高興興的重新踏上旅程。不過她們三人並沒有高興太久，就在來到一個樹林邊，一陣馬蹄聲又從樹林的另一頭傳過來，就目前已知只有餓白族會騎馬，三人想也不用想只有儘速竄入樹林的另外一頭，不過三人的猜測只對了一半，事實上是少許的餓白族人在追趕著一群野馬，但是光聽到馬蹄聲會感覺是很多人騎著馬奔走過來，可西三人跑入叢林的左方不久，忽然聽到跑在前頭的可西

哀叫了一聲，向前栽了個跟頭，趴倒在地上，緊接著一隻巨豬衝向可西，可西的右手仍然拿著矛，左手拿著食物、用品，說時遲那時快，想都不及想的可西雖然趴在地上卻很自然的翻轉身體，臉朝天空躺在地上，把左手的東西放下用兩隻手拿著矛往頭後方刺向跑來的巨豬，雖然說的好像很久不過這都是一瞬間發生的事，巨豬也在那時候剛好撲向可西，巨豬一時停不住從胸前直接被矛刺進腹腔，矛棍因為重力插入可西的頭後方，衝力卻把整頭豬有如撐竿跳似得甩向可西的腳的方向，豬的牙齒不偏不倚正好插入可西的小腿，豬的身體再一次整個翻到可西的腳後方，巨豬的身體顫抖了幾下，再仍想爬起來卻再也無力氣，哀號了幾聲隨即安靜下來，可西的小腿已被刺到鮮血直流，節秀和英也看到這一幕嚇得目瞪口呆，一時之間忘記了要救人。

栗子——木典和可西

邁樹和亦泰、達德、威士四人循著可西三人的足跡一路跟蹤來到岩石森林，再追蹤到斷崖，因為失去可西三人的足跡判斷掉入崖下，或者遭遇不測，不過因為已經無法再跟蹤下去所以四人決定往回循著木典三人的足跡去東北方尋找。

木典三人離開丘陵高地仍然往東北方前進，繼續尋找耐寒果物未完成的旅程，沿途可以看到一些耐寒的針葉植物或者柏樹，穿插著一些低灌木植物，雖然旅途中三人或多或少收集一些植物，但是他們知道這些並非他們所要找的，越走天氣越冷，心也跟著越來越冷，這天走到一處比較多高大林木群時，忽然聽到吵雜的馬蹄聲由林中傳出，三人深怕是屠殺猛獁象的那些人，所以先朝蹄聲的另外一個方向小心翼翼的走去，就在大約走了半刻鐘到達一個沼澤地，此沼澤地長、寬各約兩公里長，但是在這，寒冬不結冰而且仍有藻類植物生長，實在奇怪，三人走入沼澤覺得水溫舒服，水溫不但不冷反而有溫熱的感覺，當時大地的溫度在零度以下，而澤的水是來自地下的湧泉，出水量不大，但是湧泉是熱的，所以水不會結冰，即使碰到寒冷的空氣，溫度降下來仍然溫暖許多，三人走到藻澤中央，發覺水溫是熱的又沒有甚麼水草，高興的洗澡、遊戲起來，三人玩到盡興，手、腳都呈現皺摺為止。

走過沼澤又是來到另一片森林，此時肚子也餓了，三人往林中去尋找可以食用的植物或者動物，就在來到較為陰暗之林時，高治突然發現兩隻巨豬，也幾乎同時其中一隻巨豬突然跑向另一側，同時傳來一陣哀叫聲，另外一隻豬正想移動時木典三人立即擲矛攻擊，三隻矛都已插入這隻豬身上，不過這隻巨豬相當的勇猛，雖然已經中了三隻矛，但是仍然步履欄柵的堅持往另外一隻豬的方向

栗子——木典和可西

去，而不是往木典三人站的方向走，此時木典三人一陣么喝，立即衝向這隻豬，這隻豬被三人圍攻而且頑強得抵抗，此時節秀和英也同時也加入攻擊，最後豬終於氣力放盡倒了下來，因為巨豬木典三人和可西三人恰巧的會面，眾人先將可西止血包紮安排妥當之後，彼此一陣相互寒暄敘述這期間的種種遭遇，男女兩邊人對於對方的遭遇嘖嘖稱奇，也對於還能夠活下來感到幸運，可西三人也對於剛好讓木典三人適時的解危更是感謝，尤其可西自助，天助，人助活了下來更為感慨，兩隻巨豬的肉也剛好可讓大家填飽肚子，並有剩餘的肉可以用來當作接下來幾天的糧食，休息用餐一斷時間後木典等六人急忙離開此地，怕有其他的豬群聞到味道跑來這裡增加麻煩。

第五章
遇到黑矮人

栗子——木典和可西

可西三人和木典三人迅速離開此地繼續前進尋找那種不畏寒的植物，六個年輕男女此時的心情可是高興在一起，多於期待能夠找到那種不畏寒的植物的渴望，一路上彼此閒聊並且互相分享一路的經過，熱情的把嚴寒幾乎都忘掉了，每個人你一句我一言，一路嘰嘰喳喳聊個沒完，這樣走著走著就在十數日後來到一個絕谷幽地，此地地形兩側各是高峰入雲，懸崖峭壁，只見各種飛禽盤旋其中，越往谷內走兩側的山壁就越來越靠近，峭壁上有很多猿猴拉著樹藤盪來盪去盡情玩耍，兩側的山壁的最靠近處約只有五十米寬，比較大膽的猿猴可以從這邊的山壁盪到另外一邊的山壁，不過比較特別的是，有看起來像是老鼠的動物，但是比老鼠大很多，另外又有翅膀的動物也在兩邊飛躍，此起彼落，熱鬧非凡，佈滿蔓藤的半山壁裡隨著蔓藤的飄盪隱隱約約可以看到很多的岩洞，似乎有很多猿猴在進進出出，這個時節已經來到冬末初春，慢慢的各類動、植物開始準備探頭繼續生活的歷程，兩側的山壁最靠近處，此地沒有殘雪，甚至於還些許溫暖，所以感覺此地相當綠意盎然，處處鮮草嫩葉，延古還發覺此地的奇花異草特別多，不過木典一直覺得此地給他有一股莫名怪怪的感覺，再往谷內走，地形又變得寬大，但是這是一個死谷，一個長約五百米，寬約三百米的狹長地，整個谷地被大山包圍起來，四處的山壁上仍然可以看到很多岩洞，整個谷地並沒有樹木，只有一些小灌木和長草，就在走到谷中央時，木典忽然叫道：我知道那裡奇怪了，這裡有這麼多動、植物卻沒有水源。大家一聽到木典這麼說，仔細一找，也覺得真是如此怪異，就在大家想退出谷外時，英也看到一條樹藤垂到地上，隨手拉扯覺得非常緊，一時童心未泯就順手往上攀爬去，不一會兒就爬到岩洞處，英

也進入岩洞，一會兒就探頭招手要求大家都上去，眾人依序爬到岩洞不約而同的歡叫一聲，原來半崖上的岩洞別有洞天，幾乎所有的岩洞都相通，原因是因為岩洞上面不停得滴水下來，而各個岩洞又幾乎連在一起，水把各個岩洞的地和地面的岩洞之間的岩壁侵蝕，而且侵蝕的岩壁越來越大，幾乎有半個人高，而水流的高度也幾乎到膝蓋高，水流也相當的急湍，形成靠近崖邊的小河幾乎把所有的岩洞接串起來，水流由左面的山而流到右面的山，再往下流入山中地底，也就是說山谷中的半崖上可以由這邊的山洞走到對面半崖上的山洞，而不必走下山谷再爬上去，從山谷外或是山谷中根本看不到此半山河，而各個岩洞有的是斜斜往下不知通到那裡，有的是斜斜往上也看不到通到那裡，錯綜複雜，岩洞有大有小，最大的洞有幾乎兩人高，最小的洞大概只有一個手掌高，不過半個人高的洞佔大多數，眾人站在水裡感覺清涼無比，水質清澈，喝起來也香甜可口，急忙把各人的水皮囊裝滿，吃飽喝足了之後，大家也順便暢快得清洗身體，坐在水中任由流水沖擊，這個冬末初春時節雖然水仍然相當的冰冷，但是沁洗久了並不覺得冷，甚至覺得身體有一些溫暖，大家越玩越高興，可西站起來想走到木典這邊，就在要越過節秀旁邊時，節秀突然站起來想去找延古，可西嚇一跳腳下一個顛簸匆忙間双手拉著節秀，因為大家都是站在小河道上，水流本來就很急，節秀一時被拉也站不穩兩人直接跌入旁邊的岩洞，只聽到一陣呼叫聲沿著洞穴裡面傳來，所有的人嚇得不知所措，木典和大家一直不斷同聲呼喊可西和節秀，不過卻聽不到可西和節秀兩人的回應，此岩洞濕濕滑滑的，岩洞上面的岩石還不時的滴水下來，像蛇似的傾斜往下不知延伸到哪裡，木典和大家一時之間妳看我，我看

栗子——木典和可西

你，木典心想這個岩洞雖然不知道有多深，但是滑下去雖有危險但是應該還有生存的機會，木典看了一下其他人說：我要下去看看。木典一說完立刻跳入岩洞內。

另一方面邁樹和亦泰、達德、威士四人循著木典三人的足跡也來到距離此峽谷不遠的外緣。

也不知道滑下來多遠，只知道隨著岩洞轉來轉去，四處一片黑暗伸手不見五指，咚、咚兩聲可西和節秀兩人相繼跌入一個小水池，水池的水大約有到半腰上的高度，兩人跌入水池中碰到池底趕忙站起來，先是重重得吸一口氣，這時也比較能夠適應黑暗，黑暗中可以看到在不遠處有微微的光亮，這光亮也讓兩人可以看到附近的地形，水池不大，大概只有三公尺寬、六公尺長，水池的上方和下方各連接著一條小水道，水道是靠在山壁邊，水由上方來流入水

池再往下流出水道，兩人置身的山洞約有兩丈高，五、六丈寬，十來丈長，山洞的山壁連著很多岩洞，光亮就是從其中一個岩洞散發出來，事實上每個岩洞都透露出微微的光，只是這種光感覺是從很遠的地方傳來，亮度甚至比星星還要暗，可西和節秀兩人信步走出水池，這時的水池咚一聲，水花四濺掉下了另一個人，木典很快的從水池中站起來，可西和節秀很驚訝，木典為什麼也掉了下來，不過可西和節秀兩人隨即很快的意會過來，這時候木典也看到可西和節秀兩人，木典非常高興看到可西和節秀兩人沒有受傷，三個人又聚在一起實在很高興，但是一想到上面還有其他三個人要如何處理，他們三人要如何脫困，且說高治拿起外面的一條樹藤丟下岩洞中並且試著爬下去看看，只可惜爬到樹藤的底部仍然看不到下面還有多深，並且試著叫木典也無回應，可能是滴水聲太大讓底下的人

聽不到，木典先走到水池中對著滑下來的岩洞口大叫：延古、英也、高治。數次之後，緊接著也來到岩洞口齊聲大喊：延古、英也、高治。

在岩洞上方的延古、英也、高治正在討論是否也跳下去救人或是另外尋找入口，正在猶豫不決的時後，似乎隱隱約約的聽到有人叫他們的聲音，但是仍然不敢確定，雖然水流聲伴隨著各水滴聲，而且岩洞上方到岩洞下方不知道有多高，更是如蛇般的曲折環繞，不過三人的耳力仍然好像聽到聲音，延古、英也、高治急忙把頭低到岩洞口並且叫喊：木典。隔了一會兒只聽到：快來拉我們上去。的回應，延古確認英也和高治是木典的回應沒有問題後，大聲喊叫：我們要想辦法。延古、英也、高治三人忽然間忙碌了起來，先是割起外面的樹藤，依序一條一條接起來，可是樹藤太粗綁起來

再連接上非常不容易，也不知道到底要多長才夠，試了很多次始終未能如願，尤其放入岩洞中被水流一沾濕稍微一用力接綁點隨即分離，時間一點一點的過去，延古、英也、高治急得不知如何是好，好在木典、可西和節秀目前沒有生命的危險，但是又不知用什麼方法才可救人，另一方面岩洞口下的木典三人卻碰到了想像不到的事。

岩洞口下的木典三人暫時退開岩洞口回到旁邊的地面，正在討論如何出去時，轉眼卻忽然見到地面上的其他的幾十個岩洞口，不知何時都站滿了大大小小的「黑小人」，木典三人剛剛只顧著呼叫卻沒有注意到這些黑小人什麼時候來到岩洞口，事實上木典三人也根本看不到黑小人，因為在微弱的火光下要看到黑小人也實在不容易，木典三人待在大山洞中已有一段時間已經慢慢的適應於黑暗

栗子——木典和可西

中才能看到黑小人，為什麼說是黑小人？因為這些黑小人身高約兩尺到三尺不等，皮膚很黑所以黑洞中幾乎看不到，很仔細才能夠看到的只有眼睛，經由微弱的火光所反射出來的一點光線，隨著每個黑小人眼睛一扎一扎的閃爍，黑小人各個手長腳長和一般人很不一樣，身上所穿的並非皮革而是一種特別質料的服飾，服飾上有各種圖案，長相、頭髮、眼睛、鼻子、耳朵和嘴巴倒是和一般人相似，只是樣子像小孩子，看起來身體又非常健壯，尤其手臂粗壯，每個人手上都拿著長矛和盾牌，黑小人只安靜的圍在那裡也沒有攻擊的意圖，木典三人倒是嚇得不知如何是好，每個岩洞裡頭不知有多少黑小人，在這個時候其中的一個岩洞的黑小人們讓出一個空間，一個頭戴布巾上面鑲嵌著一個紅色的大寶石，脖子上戴著一串黑色的圓形物體，和許多的各形各色的小寶石，身上穿的衣物和其他黑小人並沒有太大的差別，重點是衣服看起來不是皮裘而是很特別的質料所做，上頭有一些圖案很是漂亮，左手上戴著金色的手環和戒指，手上不是拿著矛而是一隻白色上面鑲嵌著一些寶石但是看起來又很重的棍仗，此黑小人的頭較其他黑小人的頭大一些，腳上套著虎皮做的特殊樣式鞋子，看上去就是特別不同，此黑小人走過眾黑小人前面，直接來到木典三人的前面約一丈的地方，其他的黑小人也靠攏過來，把木典三人團團圍住，木典三人也把矛頭對這個黑小人，黑小人兩隻手先是連同棍子合起，向木典三人比了一個手勢接著說：我們對三位沒有敵意，如果有的話相信三位早已沒命。木典三人沒有想到對方會說我們普通人的語言，而且看到木典三人也沒有特別的驚訝，對方黑小人繼續說：但是我們必須先把三位的武器收起來，暫時先幫你們保管，等到你們要出去時再還給你們。黑小

栗子——木典和可西

人這樣的要求木典三人面面相覷一時不知如何是好，對方人多勢眾包圍著他們，看來也只好先妥協再說，何況對方看起來並沒有加害的意圖，三人只好放下武器任由對方取走，黑小人的頭目隨即又走靠進一點，這時木典才看清他的眼睛，一直斜視看著可西和節秀，木典不由自主的站到可西和節秀前面擋住黑小人的頭目的視線，並且說道：我們已經放下武器你們想要怎麼樣？

岩洞上方的延古、英也、高治正在苦思良策時，忽然見到邁樹爬到水流岩洞上來，身子後方忽然也聽到亦泰和達德、威士的叫聲，延古和英也、高治這時前後都被邁樹和亦泰、達德、威士四人夾圍住，英也很高興的和四位族人打招呼，邁樹問可西和節秀他們去哪裡了？英也這時才把事情發生的經過一一告訴邁樹四人，並且請邁樹四人幫忙尋求方法來救人，邁樹本來的目標是可西和木典，現在知道他們在下面而且應該安全無恙，但是要如何見到可西和木典？另外如何處理延古和高治，英也發現了邁樹的神情怪怪的，於是英也慢慢的退到延古和高治的旁邊，並且以眼睛來暗示延古和高治，這裡的岩洞也是木典三人掉下去的岩洞，看起來邁樹並不懷好意，看到邁樹作信號給後方的亦泰和達德、威士，此時延古和高治也提高警覺，忽然間邁樹拿著長矛刺向高治，高治也展開反擊，後方的亦泰更是隨即動手刺向延古，雙方互刺數回後延古和高治相繼跳入岩洞中，英也看到延古和高治跳入岩洞中自己也跟著跳入岩洞中。

就在黑小人的頭目準備要回答木典的提問時，水池的岩洞上方咚、咚、咚、掉下三個人，哦、不止緊接著又掉下四個人，不過這七個人馬上被這群黑小人押著繳械，七個人絕對沒有想到情況會是

栗子——木典和可西

如此惡劣，於是被押到和木典三人站在一起，緊接著黑小人的頭目說道：應該沒有你們的人會再來了吧！我再強調一次，我們對你們並無惡意，會把你們當作客人，請你們也把我們也當作朋友，我的名字叫做伊瓦拉庫，是本族的頭目，不等木典等一竿人說話，伊瓦拉庫接著說道：想必大家都餓了吧！現在請大家跟我到內室用餐，我們邊吃邊聊。木典等人在無可奈何之下只有先吃飯再說，況且對方看起來並無敵意，而且肚子也真的餓了，延古和高治也順便把上面發生的事告訴木典三人，木典把底下發生的經過簡單的告訴七人，邁樹和亦泰雖然不以為然，而且相當的不悅，但是目前也無可奈何，邁樹和亦泰雖然對於木典和延古懷有恨意，但是一方面能夠看到喜歡的女人感到很高興。

木典、邁樹等一竿人隨著伊瓦拉庫進入其中一個岩洞，只見洞中有洞宛如迷宮，尋常人一進入恐怕很難走的出來，黑小人們到是很輕鬆而且有秩序的進出各個岩洞，各個岩洞中的黑小人們都忙著各自的工作，而這些工作所做出來的東西是木典、邁樹等一竿中原人所從未看過的，每個人都看得目瞪口呆，幾乎忘記了身陷危機和往前行走，直到伊瓦拉庫再三催促才走入一間約二十米寬、三十米長的大廳中，這間大廳就黑小人來說已經很大了，因為中原人士比較黑小人高出許多所以桌面看起來有些矮，待眾人坐下來後，黑小人們陸陸續續的用一種特殊的器皿端上特別好吃的食物，不但器皿是前所未有，許多食物還是他們一生中從未吃過的，肉類食物雖然作法很特別但是不希奇，反而是蔬菜類食物和所用的香料以及配醬都是新鮮有趣，中原人士吃的津津有味，席間也互相討論菜色香

西可和典木——子栗

味，但是都不知所以然，每個人面對這樣子的食物幾乎是狼吞虎嚥，雖然菜上的很快，不過每一種菜也都是一掃而空，大家雖然有很多疑問想問，但是面對眼前令人眼花撩亂的食物先吃再說，伊瓦拉庫也不說話讓大家盡情的吃，直到肚子不爭氣，實在無能為力時才罷手，緊接著伊瓦拉庫要求黑小人們再拿出一些甜點，大家直說著，不用也吃不下，但是等到甜點上來的時候每個人的眼睛立刻睜得大大的，手不由自主的往桌上的甜點去拿來吃，因為實在看起來太秀色可餐，不吃都覺得會對不起自己，不知道用什麼材料做成各式各樣的花鳥動物，微妙微肖又好像非常好吃，吃到嘴裡又香甜可口，本來覺得已經很飽的肚子不知不覺得吃了好幾個，這時候伊瓦拉庫才笑容可掬的站起來說：大家應該都已經吃飽了，想要知道什麼，現在可以問問題了。一竿中原人想要問的問題實在很多，但是一時間也不知從何開始，伊瓦拉庫看看大家說，這樣好了我一邊帶大家參觀我們的地底城然後大家有問題再提問，中原人士邊點頭邊說：好。

地底城的長、約有三公里，是順著岩洞邊的水源蜿蜒而建的，寬約為兩公里，人口約有七、八百人，祖先是什麼時候來此定居已經不可考證，至少有五、六百年以上的歷史，伊瓦拉庫邊走邊說著，你們看我今年已經兩百五十幾歲，經過一年叫做一歲，一年有春、夏、秋、冬四季，有二十四節氣，目前的節氣是「立春」，再來是雨水、驚蟄、春分、清明、穀雨、立夏、小滿、芒種、夏至、小暑、大暑、立秋、處暑、白露、秋分、寒露、霜降、立冬、小雪、大雪、冬至、小寒和大寒，每十五日為一個節氣，依序循環不止，你們看起來大概是十八到二十歲之間，所以我比你們多長兩百

栗子——木典和可西

多歲，也比你們多在此地生活兩百多年，不過想一想兩百多歲也是一剎那間就過去，不管你現在幾歲，過去的生活總是覺得很快，所有的經歷都歷歷在目。中原人士聽到如此都驚嚇得不可置信，眼前的伊瓦拉庫頭目竟然已經兩百多歲，那時候的中原人士頂多只能活六十歲，一般人平均只能活四、五十歲，和兩百多歲相比簡直是天壤之別，這時候木典發現伊瓦拉庫頭目的眼睛又再斜視可西、節秀和英也，木典就問說：你們的眼睛怎麼看起來有一點怪怪的？伊瓦拉庫頭目趕緊正眼看著木典故意回答說：因為我們的眼睛已經在地底太久，有時候會看不清楚東西或者看東西的方式看起來有一點不同。說著又繼續補充說明：因為我們祖先原本在地面上活動，但是我們的眼睛一直未能適應，反而在地洞中較舒服，最後只好才搬到地底來住，因此你會感覺我們的眼睛怪怪的，另外從我們的祖先開始我們的皮膚也不知道為甚麼很容易被太陽照射浮腫化膿，所以我們都是在夜晚活動，對於白天，我們是越來越難以適應。木典對於這樣的回答雖然明白伊瓦拉庫頭目是在避重就輕，但是一時間也莫可奈何，木典順勢問道，你們怎麼會講我們的話？伊瓦拉庫回答：我們的很早的祖先本來就是生活在地面所以也會講你們的語言，然而我們這裡是使用自己和你們的兩種流通語言，就在這個時候大家走到一個玩土的地方，把一些土捏成一個個的各式各樣的形狀，有他們剛才用餐時裝菜的各種容器、也有用來裝水的各式大小的水容器，其他還有很多圓形的、四方形的和各種奇形怪狀的，伊瓦拉庫頭目不等大家提問就說道：這個地方是生產陶器的地方，我們把這個地方叫作陶器工場，這個山區地底的粘土很適合當作陶器的原料，我們先挖合適的土搬運到此地，再由工人捏成各式各樣的形狀，完成定型後再送到風口處晾乾、等到稍微乾燥後再送到隔壁的房室燒烤，燒成的東西可固定形狀用在日常生活之上，包括各種食衣住行都可應用的到，中原人士第一次見到，也第一次瞭解到世界上竟然有這樣的技術和東西存在，伊瓦拉庫繼續說道：不過這種東西有一個缺點，就是太脆很容易摔破，使用上要特別要注意。此時高志問道：地裡好像有流水聲？伊瓦拉庫回答說：是的，我們把水從你們掉下來的地方挖溝引導到各個房室，而每個房室都有比較寬的蓄水池，另外又挖一條溝把不要的廢水引導到水源下方，我們所處的門口地下即為廢水溝，你們聽到的聲音就是廢水的水流聲，乾淨的水槽是在房室的後方，說到這裡伊瓦拉庫又往前走了數步從地上拿出一個用五、六根木頭平綁起來的方型架子，邊說：請大家看下方的水溝。眾人觀看後，見到果然如同伊瓦拉庫所謂的水溝內正有很多水流過。這時候邁樹問道：這些人看起來都好像男子？伊瓦拉庫回答說：是的，這些都是男子，女子都是在做織布的工作。什麼叫做「織布」？眾中原人士是一頭霧水，伊瓦拉庫也不再說明只是繼續引導眾人參觀，接著看到的就是製造各式各樣不同陶器，有的人運土，有的人製作竹篩子，就是用竹子皮作成一樣寬長的竹皮，相互交叉編織而成，有人用竹篩子篩土，有的人塑型，有的人燒窯，每個人忙得不可開交，但是生產陶器的黑小人並不多，可能用不到那麼多，不過路上碰到都還會打招呼，這些黑小人雖然很矮小，但是禮貌得怪裡怪氣，不過看多了也就禮多人不怪了，只是很奇怪的是，每個黑小人都會偷偷地瞄可西，節秀和英也三位女子。

地底城內部最外圍四周都是生產工場，長形的兩邊各設有一個餐廳兼議事廳，所有的中原人士就是在其中一間用餐，再內層是居

栗子——木典和可西

家住房，更內一層是圈養場，他們圈養雞、鴨、鵝和各種補抓到的獸類、動物如野豬，野兔等等野生動物，再內一層就是地底城的中心，有一個大議事廳，是頭目和大家討論事情的地方，另外還有一個療養房以供生病、受傷、生產、臨終老者等居住，這整個地底城也是當初挖陶土的時候開挖出來的，外面的谷地可以種植各式各樣的植物、蔬菜、水果和藥草等等，不過伊瓦拉庫並沒有告訴眾中原人士，要如何才能出去，想到這裡大家都明白，事實上，眾中原人士他們一進來這個谷底就被黑小人監視著，只是不知道黑小人在那裡監視著他們，隨後伊瓦拉庫帶著眾人穿過居住房、繞過圈養場來到另一邊的生產工場。

這邊的工場主要是織布的工作和其他零碎的工作，織布簡單的說就是把種在谷外的苧麻收集之後，剝麻，而後剮麻取出所需要的纖維，用手握緊固定剮麻器，將纖維握在手中利用鋒利地邊剮去表皮纖維之外的部分，反覆兩、三次就算完成。剮麻之後，還需要經過漂洗，曬乾、捻紗、捲紗、紡紗，以及煮線，就是先泡於木石灰再用火煮三至四小時，才能成為織布所需要的麻線。此外再做染色的工作，如果是黑色可埋於土泥中約七日再拿出煮沸定色，如果是白色可用石灰水煮後放置於葦簾上，利用陽光紫外線反射數日後即是，如果是紅色，可用各種天然樹葉，根莖，例如薯榔熬煮出顏色再放入麻線染煮成各種深淺的紅色，織布用的工具包括：（一）背帶。（二）布卷或織軸。（三）打棒。（四）綜絖棒。（五）隔棒或絞紗桿。（六）固定棒或絞紗桿。（七）經卷或經軸。（八）梭子或線軸。（九）理線刀。有了以上的工具即可上架進行織布的工作。以上的工作均為女性的黑小人們在做，不過這些黑小人的女

西可和典木——子栗

性也許年紀大了，一些看起來實在難看，臉上佈滿皺紋，臉上還有刺青，銀白色的頭髮而且很稀疏，身材更為矮小，似乎是駝背，並不像男性的黑小人，例如伊瓦拉庫雖然已經兩百多歲，但是看起來還不算嚇人。因為織布的工作複雜，所以除了織布以外，所有織布工具的製造都由男子處理，包括谷裡的耕種、種植、谷裡、外的狩獵也都是男子的工作，女子主要負責家庭的工作，例如煮食、帶養小孩，還有少許的耕種，此外男子也設計樣式、繪圖提供給燒陶或是織布者使用，伊瓦拉庫一口氣介紹到此，眾中原人士已經目瞪口呆完全不知如何提問了，伊瓦拉庫一說完又不自覺得朝可西，節秀和英也三位女子瞄去，木典注意到他的眼神，這時候走到一間洞穴，看到少許人拿著碳筆和各色各樣植物原料在壁上繪圖，有一些是簡單的花色圖案，一些是各種動物日常的生態，又有一些是各種花草樹木，還有一些是奇怪的圖形，木典問伊瓦拉庫這些奇特的圖形是什麼？伊瓦拉庫指著其中一個圖形說這是一個「字」代表「馬」，伊瓦拉庫指著另外一個圖形說這是「花」字，每一特殊的圖形都有它的函意，也是一種文字，用來表達個人的思想，讓別人一看到圖形就知道你想表達的意思，加上旁邊的繪圖更進一步的說明你想表達的意思，我們把它畫在壁上，別人看到壁畫就會知道我們所想表達的事，我們把這個行為叫做知識的傳授，木典族內的長老們過去都是用口述的方式把經歷說給族人聽，現在看到了黑小人這種做法非常的高興，總算有東西可以教導族人了，不過才高興一陣子馬上就想到要怎麼樣學會這些「字」來教族人呢？一時間又覺得困難重重，除此之外此岩洞的深處地上放了好幾疊的石頭做的圓盤，每一片圓盤直徑大概有三十公分，厚度有兩到五公分，此圓

栗子——木典和可西

盤中間有挖一個約五公分的圓洞，圓盤似乎刻有紋路，看起來很奇怪，他也暗自覺得奇怪，為什麼伊瓦拉庫要教他們這麼多呢？這其中必有問題，其實不單是木典覺得奇怪，其他如可西和邁樹也覺得奇怪，延古忽然間說：伊瓦拉庫你為什麼要告訴我們這麼多呢？想不到大家都有同樣的疑問，伊瓦拉庫笑著說：我也不清楚為什麼，因為我們的祖先有交代，如果有天遇到地上的人要我們和對方和平共處，至於為什麼要如此，我也不解，不過經過這一陣子的相處，你們看起來並不讓我覺得有威脅性，我活到兩百多歲才第一次有機會碰到你們，因此我會儘量把你們當作貴客，我也希望你們能夠尊重這邊的紀律，如果因為不遵守這裡的規定，例如偷竊東西、侮辱婦女、或者殺害我們的族人，也就是說沒有得到我的允許私自拿取物品，我們就會認為你對我們不懷好意，或者欺負我們的人我們會把你們通通殺掉，伊瓦拉庫說到此時，眼神朝中原人士看了一遍，這時在他那又老又黑的臉上卻露出一抹猥褻的笑容，一時之間忽然讓大家覺得有一種莫名的討厭伊瓦拉庫的感覺，尤其是讓三位女孩更加厭惡。在地底城裡面並不清楚現在是白天還是夜晚，不過伊瓦拉庫還是讓大家到一間岩室裡休息，次日伊瓦拉庫請人要大家到昨日用餐的地點用餐，餐中除了肉品、蔬菜以外還有一大盤一顆顆棕褐色硬殼大小約有兩、三指寬的食物，木典正想提問，卻看到伊瓦拉庫拿起其中一顆輕輕咬一下，再用手把褐色毛茸皮膜剝去，露出乳黃色的內子之後，隨即吃下並露出愉快的表情，眾中原人士也學伊瓦拉庫吃法一入口覺得有一點甜，咬下去又很鬆軟，非常可口，每個人紛紛再多吃幾顆，伊瓦拉庫說：這種食物叫做腎之果，我們已經煮熟它了，因為它的樣子和人的腎臟類似，又叫做精之果，它的花盛開時的味道確如男人的精液一樣，吃起來實有飽足感，又能夠補脾健胃，可以說是對我們人體最好的食物。它很容易種，比較不受氣候影響，又不須要很多水，幾乎任何地方都可以種，它不是蔬菜也不是水果，卻又能夠讓你感覺似水果、蔬菜般的好吃，同時也能餵飽你，這是多麼新奇的食物，不過不是每個人都可以吃到這種食物，只有在重要節慶請客才會拿出來吃，我們的腎之果所剩不多了。說到這裡邁樹馬上問到為什麼會剩下不多了，不是很容易種嗎？多種一些不就好了嗎？伊瓦拉庫回答說以前是有很多腎之果，但不知什麼時候得了植物病全部死光了，另外我們也因為不適應地面的陽光而遷到地底下，我們把所有的腎之果都先埋在沙裡，要用的時候再拿出來吃，幾十年下來已經所剩不多，今天你們能夠吃到腎之果算是你們的福氣。聽到這裡眾人趕緊再把桌面的腎之果一掃而恐空，結束了早餐，伊瓦拉庫繼續帶領眾人參觀地底城，伊瓦拉庫來到一個岩洞，進入之後，左側地上有一個洞口，洞口有一道樓梯延伸往下到地下另外一層，眾人隨著伊瓦拉庫下到另外一層地底下，地底下是另一個岩洞，洞中已經有很多黑小人在活動著，黑小人依序用一些竹藤編織起來的容器裝著從另外一個岩洞拿過來的沙，倒進一個燒著熊熊大火的洞穴中，應該是說，這燒著熊熊大火的洞穴上面開了三個洞，其中兩個洞各有黑小人倒入不同的沙石，另外一個洞很小，好像沒有什麼用途，另外有一個管狀的柱子接到岩室上面，黑小人不高可是竹藤確很大，裝著沙更是重，黑小人兩隻手臂非常孔武有力，把竹藤放在胸前搬運，感覺上竹藤比黑小人大很多，像是螞蟻搬物一樣滑稽，伊瓦拉庫緊接著又走到一個旁邊的一個洞口沿著樓梯下走，下面這個洞比上面的兩層高許多，眾人

栗子——木典和可西

隨著伊瓦拉庫下到底下，抬起頭看才驚覺此岩洞雖然不寬但是高度足足有上面的岩洞三、四層高，岩洞中間就是那個燒著熊熊烈火的火爐洞，爐洞下開了一個孔洞，黑小人把孔洞中的火泥漿流到外面的一個一個的鑄模，這個鑄模就是用陶土作成的耐高溫度陶器，把火泥漿貫注到上下合一的鑄模中，隨即拿到外面打開鑄模放入水中冷卻，待冷卻到常溫後，即完成一個鐵器產品，像這樣的爐在此地共有兩個，另外一個在城的另外一邊，不過煉的是銅的金屬，雖然當時的中原人偶然中從樹林的火災或是火山岩漿流過的灰燼了解到有銅和鐵，但是都是用簡單的方式燒煉製作鐵或者銅，像如此有規模的生產還是第一次看到，伊瓦拉庫又補充說明：不過這兩種金屬都有遇到潮濕會有腐蝕的現象，雖然不像陶瓷器容易破裂、損壞，但是這兩種金屬確是使用到最多的地方，例如裝吃的容器、挖土的器具，甚至殺人的刀或者武器等，這些用途都是很容易腐蝕的。

說完還不忘看大家一下，不過如果不是用在這些用途，而是用在例如樂器、服飾等就比較好，所以物器的使用、好與壞都在於你的心。此行程完了就在簡單的用餐之後，伊瓦拉庫穿戴著特殊的衣褲全身罩著，包括臉也用一個獸皮套住，只剩下一對眼睛露在外面，伊瓦拉庫走往城左方一彎彎曲曲的隧道，此隧道終點有一排階梯旋轉緩緩向上，每一個隧道口和樓梯轉口都有黑小人守衛著，銜接著階梯又是一個彎彎曲曲的隧道，不過此隧道走起來碎石子比較多高度也僅只有黑小人的高度，所以眾人都必須蹲低著走不像剛開始的隧道可以站著直挺走，走著走著，終於看到一點亮光，前面的伊瓦拉庫和一些黑小人警衛早就站在洞口等大家，眾人走到外面一看，原來此出口剛好位於外面谷口的上方小水流河旁邊，這個小水流河

栗子——木典和可西

不到一公尺寬，但是水流卻很急，靠近這個谷口上方剛好可以監視入谷的人，而進入谷內的人完全不知道崖壁上面正有人監視著，此時左、右兩邊各有一個黑小人，靠在暗處守衛著谷口，從此地遠看谷外風景，確實是無限的漂亮，令人為之心曠神怡，現在雖然太陽下山不久仍然可以看到暗紅色的大地山林，萬鳥歸巢，但是木典眼睛所看的和心理所想的卻不是這些，他正想著要如何拿到腎之果？木典想他們在此的時間已經不多了，而腎之果確是族裡所需要的植物，到底要如何能夠拿到呢？從餐桌上可以知道伊瓦拉庫的態度是不可能給他腎之果的，一定要想辦法拿到，而且非要想辦法拿到腎之果才可以，木典心中暗自下定決心。伊瓦拉庫看到眾人都到齊後，隨便攀著谷崖邊一條藤條，一滑溜入地面，眾人也隨著伊瓦拉庫一一下到地面上，伊瓦拉庫人很矮、年紀又大，但是手腳還是很靈活，只看他一下子就走到谷中一處種植奇花異草的地方停住，眾人也走靠近過來，伊瓦拉庫指著其中一株草說：吃這株草的根可以強壯，我們的身體，指著一株灌木說這棵樹的皮和其他的花草一起煮食可以治很多種病，你們現場所看到的花、草、樹木，都是我們用來研究如何治病，雖然我們可以活到兩百多歲，但是還是有很多的病令我們不舒服、痛苦、老化和提早死亡，我們一直在研究服用何種藥草可以治病，多吃甚麼東西或者不吃甚麼東西可以避免病痛和死亡，你們有空也可以研究看看，現在已經晚了，雖然我仍然可以看到東西，但是你們的視力會有困難看清楚這些花草，我們先回去休息，當然如果有人想趁此時離開，我們也不反對，眾中原人士面面相覷，大家都沒有表示意見，每個人都若有所思的跟隨著伊瓦拉庫回到地底城，晚上休息的時候木典輾轉反側睡不著，乾脆坐起

栗子——木典和可西

來，卻看到另一頭，三位女生睡在一起的可西也睡不著坐了起來，木典示意要可西到此岩洞的另外一個角落，木典自己也走過去，木典都還沒有開口，可西就說，我知道你在煩惱甚麼，我們先要知道黑小人把胥之果藏在甚麼地方，然後再想辦法去偷，那麼胥之果到底放在那裡？伊瓦拉庫隔日請大家用餐，但是已經看不到胥之果了，餐畢伊瓦拉庫說：這兩天讓大家自由參觀，請大家不必客氣，有問題都可以隨即提問。可西故意走近伊瓦拉庫問：請問你們作了那麼多東西要放到那裡去儲藏？伊瓦拉庫用那色瞇瞇的眼睛回答說：大議事廳的旁邊有一個地洞是我們儲放東西的地方，我可以帶妳去看看，不過只有妳可以看，一般我們是不會讓人去我們的倉庫的，不過妳是客人特別允許妳可以。可西覺得不妥看著英也和木典回道：那我要英也和節秀跟我一起去我才要去。伊瓦拉庫再用那色瞇瞇的眼睛微笑而猥瑣的口音說：好呀，這次就特別通融好了。木典知道可西的用意是讓大家一起去但是伊瓦拉庫卻只想著和三位女生一起，現在也只好讓可西去冒險了。伊瓦拉庫帶著可西，節秀和英也三位女生和兩位黑小人衛兵來到大議事廳裡面，旁邊的一個黑小人雕像前面，往黑小人雕像原本向上舉的左手扳向下面，這時候雕像的後面一個空隙的地面嘎啦嘎啦的響著，一個向下的岩洞口就呈現在眾人眼前，隨著伊瓦拉庫的腳步到達岩洞底下，在這個地底倉庫所有的東西都堆放的井然有序，地底倉庫總共有六個洞室，第一個洞室放的是各種陶製品，瓶瓶罐罐的堆滿整個岩洞，第二個洞室堆放的是各類紡織衣布和各種動物和鳥獸的皮毛、羽戎，甚至於外面的猿猴、飛鼠的皮革也有，第三個洞室堆放的是各式各樣的銅、鐵器，有各種尺寸的刀、劍和矛，之外還有各類各色的酒器、

酒具、酒盅、酒杯、酒樽飲水酒的爵和比較大的桶子、鐵、銅製的鼎樣的東西，伊瓦拉庫一直在介紹的時候故意藉故碰觸三位女生，或是言辭間故意挑逗，三位女生只好左、右有禮貌的閃躲，第四個洞室堆放的是各形各色的花草、樹皮放置在各類尺寸的藤籃中，令人眼花撩亂，還有各種動物的頭角、乾的內藏，整間岩室內的味道是很難形容的怪，第五個洞室堆放的是各種水果酒，水果、醃魚、乾肉、乾菜、花粉和其他各類吃的東西，光是打開岩洞的門一瞬間撲鼻而來的香氣就會讓你口水直流，就算是剛剛才吃飽也會覺得又肚子飢腸轆轆了，走到第六個洞室門口伊瓦拉庫想了一下卻說就參觀到此好了，不待三位女生回話就逕自轉頭往回走，節秀喊道：為什麼不去看第六個洞室？伊瓦拉庫回答道：這間裡面沒有甚麼東西可以看，洞室的門並沒有鎖但是節秀也不敢去開，因為兩位黑小人衛兵一直再監視著，不過從門縫中雖然不能看到全貌可是並沒有看到甚麼特別的東西，三位女生見狀也只能先回上頭休息，木典並無心再去參觀其他的地方，只能看著可西，節秀和英也剛才消失的方向靜待她們回來，當一看到可西回來，立刻迎上前去問有沒有收穫，只見三位女生齊搖頭，事實上在參觀第五個洞室的時候三位女生就非常注意看有沒有腎之果，不過並無所獲，可西把剛才參觀的內容一一告訴木典，經過一陣子思考和討論木典研判腎之果在第六個洞室的可能性很大，因為伊瓦拉庫曾經說過腎之果是埋在沙裡面所以三位女生無法看到，不過也因此有可能放在第五個洞室，這必須要親自去找找看，但是甚麼時候去才不會被發現？況且時間也不多了。

栗子——木典和可西

第六章
偷取腎之果

栗子——木典和可西

在還沒有想到如何偷取腎之果以前，木典想先多了解黑小人製造陶器和冶煉銅、鐵的技術，還有文字、紡織等的知識，不過這些東西想在短時間弄懂並且清楚所有的程序是不太可能的，也只能記多少算多少，此外木典、延古、高治、可西、節秀和英也商量的結果應該找邁樹、亦泰、達德和威士合，作集合共十個人的力量或許有機會可以成功偷走腎之果，並且逃出去，邁樹雖然很不喜歡木典，不過形式比人強，手上沒有武器，黑小人又有強壯的手臂，不是那麼容易對付的，要對付木典，必須先安全離開此地再說，第一要件是先找到放武器的地方和藏腎之果確切的地方，再來是甚麼時間動手，最後才是如何安全撤離，每一點都很重要。眾人商議完畢就分頭進行，太革族邁樹等四人負責調查武器置放的地方，乙凡族木典等三人負責找出藏腎之果的地點，三位女生負責黑小人衛兵巡邏的時間和地點。

為了了解黑小人衛兵巡邏的時間，可西，節秀和英也三位女生開始故意討好黑小人衛兵的行動，藉故要知道藥草的成長習性、藥性、採收季節和藥性部位，事實上她們也真的很想多了解，以便日後可以教導族人，經過數次的進出出口的階梯、隧道她們也已經暗記衛兵巡邏的時間和人數、武器狀況，最大的收穫應該是多了解植物藥性、氣候等大自然和人類身心健康的知識。

邁樹、亦泰、達德和威士為了調查武器置放的地方，先到冶煉廠藉故了解冶煉的技巧，四人分成兩組一組到煉鐵廠，另外一組到煉銅廠和黑小人談論的都是藉口想了解煉鐵和煉銅的技術，利用幫忙運輸原料、半成品、成品和廢料到各個場地去了解鐵和煉銅的實際運作情形，可惜的是原料的來源和比例仍然不清楚，只知道煉鐵

栗子——木典和可西

是用鐵沙和焦碳作為原料，因為燒煉會有煙，所以作一個柱管讓煙通到上面的水道的下方，利用水把煙帶入挖通的地下水道，所以外面一點也看不到煙，他們都在夜晚工作、燒煉所以外頭更是不容易察覺有煙，煉銅是先用藍色的石頭以水溶解後放入一個水槽，水槽下置有鐵沙，一段時間後移除上面的水就會有銅沙沉澱在下面收集此銅沙到煉銅廠去，類似煉鐵般的燒煉即可得到銅製品，不過如何製造此煉爐也不清楚，但是四個人最重要的工作是查勘出武器的置放地點，這個倒是有了一些收穫，黑小人煉作出來的產品有一小部分是拿來用作刀和矛頭的材料，此材料經過磨光、和打製就會是尖銳的刀和矛，黑小人把這些武器和其他鐵、銅製品放置在有碳灰的洞室，也就是在煉鐵廠和煙柱管之間的密室，這是因為有一個煉鐵廠老黑小人，有一次搬放鐵製品時，要求邁樹和亦泰順道幫忙搬運才發現的，雖然黑小人沒有讓邁樹和亦泰進入放武器的倉庫，但是從門口依舊可以看到磨亮的刀械在油燈下閃閃發光，而眾中原人士他們所用的武器也就放在旁邊，這個發現讓他們興奮不已如獲至寶。

木典、延古和高治三人一直在想辦法進入食物儲藏室，可是想來想去就是不知道如何能夠在不知不覺下偷偷溜進儲藏室，看到可西，節秀和英也三位女生使用美人計，果然如願得到哨兵的情報信息，心想也許可以運用同樣的方法騙過大議事廳裡面的黑小人衛兵，況且邁樹已經打聽到武器的下落，目前唯一所剩下的就只有查出腎之果在什麼地方，木典找可西，節秀和英也三位女生商量：請三位女生藉口要了解藥草的成長習性、藥品的樣式、外觀和藥性部位需要再到食物儲藏室去看，並借題發揮要去研究一段時間，再找

西可和典木——子栗

機會調查腎之果在什麼地方，如有查獲也順便偷走，木典和延古二人則看守大議事廳和周遭，這些動作的時間點很重要，並且須配合邁樹、亦泰、達德、高治和威士去偷竊中原人士他們的武器的時間，而且須要在外面是白天的時間，也是黑小人休息的時間下手，議定完成，時間也不容許再拖延下去必須馬上行動，幸好黑小人、伊瓦拉庫並沒有限制眾中原人士的行動自由。時間大約在外面是早上太陽高掛的時候，可西，節秀和英也三位女生等黑小人、伊瓦拉庫都去休息時，一路上避開巡視的黑小人衛兵，小心的溜到大議事廳來，果然看到兩位黑小人衛兵在看顧著倉庫入口，三人假裝討論藥草的外觀和藥性來到黑小人雕像前面，並且小小的起了一些爭執，並對著黑小人衛兵辯論，要求黑小人衛兵評論那一個人說的才是正確的，黑小人衛兵根本不懂她們三位談的內容是甚麼，這時候

木典和延古二人也來到，眾多人圍著黑小人衛兵吱吱喳喳說個不停，最後可西對黑小人衛兵說：請讓我們三位女生再進去看一下藥草，我們馬上就出來，反正我們也已經進去一次就讓我們再看一次也沒有差，兩個黑小人衛兵互相討論一下帶著色瞇瞇的眼睛說：可以讓妳們三位女生進去，但是妳們不可以帶走任何東西，上來的時候我們要檢查身體才可以，三位女生面有難色沉默了下來可西看了一下木典、節秀和英也轉頭對黑小人衛兵說：好吧！讓我一個人下去好了。此時節秀馬上又說「我沒有下去怎麼會知道妳說的是正確的呢」？這麼一來英也本來也想說她也要下去但是英也抬頭眼睛看向延古卻說不出口，木典知道可西用心良苦不下去不行，但是上來又要手摸檢查身體或者脫光衣服讓黑小人衛兵看，心中實在是五味雜陳、有苦難言，暗中下定決心絕對不讓黑小人衛兵得逞，可西和

栗子——木典和可西

節秀也沒有拖延立即下去岩洞倉庫，可西和節秀分頭尋找，可西找第五倉庫，節秀找第六倉庫，可西迅速的翻遍了整個第五倉庫，除了食物藥材以外地上也沒有翻鬆的痕跡，再到第六倉庫會同節秀一起尋找，第六倉庫裡面就和當出從門縫中看到的一樣，表面並無存放東西，但是地面卻有六塊沙地，左邊的三塊沙地已經被節秀翻開，只看到節秀已經在徒手挖掘洞室右邊底部的一塊沙地，可西立即加入挖掘靠近右邊中央的一塊沙地，只不過挖了兩下手就碰到一粒一粒的東西，順手抓了起來一看不是正在日夜尋找的腎之果嗎？可西喜出外望差一點叫了起來，要節秀趕快過來順便兩手各抓起一把腎之果，節秀立刻跑過來也兩手各抓起一把腎之果，兩個人幾乎是手舞足蹈起來，不過接下來要如何偷帶上去又不會被發現？以前的女性並沒有燙頭髮所以頭髮都是直的梳到後面，沒有辦法藏到頭髮裡面，衣服也無暗袋可藏東西，即使可藏東西等一下還是會被檢查出來，嘴裡面可以放但是一說話就會被發現，只見兩個人不約而同把腎之果塞入自己的私密處直到不能塞為止。

同時另一方面邁樹、亦泰、達德、高治和威士一起去偷拿武器，武器的庫房外此時依據他們的調查巡邏的時刻，此時應該並沒有黑小人衛兵站崗，但是不知道為什麼現在卻有一位黑小人衛兵守備著門口，只好先躲在一旁等待，也許運氣還算不錯，等了差不多兩刻鐘，黑小人衛兵即走開，眾人迅速的掩入武器的庫房，除了拿各自的武器以外，高治也幫忙拿木典和延古二人，邁樹、亦泰也幫忙拿可西，節秀和英也三位女生的武器，高治還順手拿了黑小人的刀，五個人立刻一路遮遮掩掩的往大議事廳去。路上碰到落單的幾個黑小人衛兵也都在不提防之下被勒昏倒或者是被邁樹、亦泰一干

人等殺死。

可西和節秀不多久上來回到大議事廳，兩個黑小人衛兵馬上向前要檢查身體，木典、延古和英也卻不敢亂動，一方面沒有武器，另一方面不知道可西和節秀是否找到腎之果，可西和節秀雖然用眼神暗示木典已經找到東西，木典、延古和英還是不敢亂動，可西和節秀脫著衣服，兩位黑小人衛兵色瞇瞇的專注在看的時候，就在此時邁樹、亦泰、達德、高治剛好趕到，木典、延古首先發難，跑過去各自抓著一個黑小人脖子活活的悶死他們，可西和節秀於混亂中急忙各自穿好衣服，木典、延古、可西和節秀各自接過武器裝，眾中原人士立刻衝向城左方的出口隧道，此時在出口隧道裡面值勤的黑小人衛兵並不多，雖然黑小人衛兵的刀和矛都非常銳利，武器比較精良，在狹窄的隧道和階梯裡，這些精良的武器竟顯得是無用武

之地，效果大打折扣，一開始黑小人終究不敵高大許多的眾多中原人士的砍殺，黑小人越來越多，這些吵雜聲也吵醒了正在休息的黑小人，而且前面出口低矮的隧道和階梯卻讓眾中原人士碰到很大的阻礙，上頭的黑小人不停的擲茅，後面黑小人不停的增援，使得在後面抗敵的達德和威士受傷身亡，此時在前頭的高治也受重傷，節秀受了不小的傷，眾人終於逃到出口谷口上方，高治說：我死了以後就用我的身體擋水吧！木典和延古，我希望你們能夠逃離此地並且完成任務。說完就自殺而亡，木典和延古聽到這些話當然悲痛萬分，但是已沒有時間讓他們稍做延誤，並且照原計畫兩個人在洞口抵擋來兵，其餘的人把高治的身體放入小河流，更迅速挖掘小河流的碎石堵住河水出口，小河流一經被堵住以後水位迅速的攀升，不多久眾人終於把碎石堵到隧道出口的上方一點，小河流的水也迅速的越過出口隧道灌進裡面去，因為水一灌入隧道，裡面的黑小人漸漸的站不穩頻頻滑倒，最後水終於大量的湧入隧道，黑小人大聲喊叫的退回地底城，不停湧入的水有沒有使黑小人全部滅亡並不清楚，事實上木典起初並不贊成堵住水讓黑小人全部陷入困境，因為黑小人對眾人並無不好，事實上還教授很多東西和技術給大家，並且提供吃喝，但是大夥最後的決定仍然必須如此，否則黑小人有可能會追殺過來。木典帶著高治的遺物和眾人接續攀籐下到谷底部，現在已經是日出大太陽下，但是眾人仍然不敢稍事停留，立即跑出谷外，直到離谷外很遠處才停下腳步，由大家輪流背負節秀，此時他已經奄奄一息，雖然在谷內已作簡單的包紮，但是當時被矛傷的很深，血流過多已經很難醫治，節秀躺在可西的懷抱並從身上拿出腎之果說：把腎之果拿回去給族人，妳的腎之果就給木典他們，謝謝妳！有妳相伴真好，祝妳幸福。節秀說完双目漸漸的垂下，安詳的躺在可西的懷抱。一位從小到大都吃喝玩樂在一起的摯友的過世讓可西悲痛不已，尤其現在想起來，她和節秀過去的種種，以及節秀對她的百般照顧，似乎覺得節秀對她有一種超過友誼的愛護，這些更令可西百感交集悲從中來，眾人幫忙把節秀就地安葬，並勸可西節哀。忙完節秀的事情以後，可西把腎之果交給木典，但是邁樹非常不悅，認為這是太革族人拼命拿到的，為什麼要給乙凡族的人，可西說：這是我自願的，況且節秀也是如此想法，我是一定要給木典。邁樹非常的不以為然，但是也不願意在可西面前表現的太沒有風度，心想一定要找機會教訓他們。

木典和延古二人一路延著西南方向回去族裡，邁樹、亦泰也和可西、英也同時也往回走，六個人暫時仍走在一起，一路上起初是

栗子——木典和可西

乙凡族的兩人一起走在前面，太革族的四個人走在後面，大家心情都很沉重，但是漸漸的可西、英也快走到前面和木典，延古二人走在一起聊天說地，漸漸的嘻嘻哈哈起來，走在後面的邁樹和亦泰非常的不是滋味，表面和平虛應，心裡頭的恨意確是更加強烈，木典和延古二人雖然不非常清楚狀況，還是感覺到氣氛的不尋常，晚上休息的時採取輪流值勤的方式，邁樹和亦泰也跟著輪流互相監視對方直到半個月後，再過幾天就要到達太革族的時候，木典和延古二人告別可西、英也，這個安排事實上也是可西的意思，擔心到達太革族，邁樹和亦泰會對木典不利，木典和延古二人雖然有一點依依不捨，但是為了自己的安危還是快速離開，並且告訴可西和英也乙凡族的方向是順著西南方山羊座的地理位置，只要二十五天到三十天左右的路程即可到達，雙方依依不捨，並期待很快能夠再相見，經過這數十幾天的相處，雙方的感情更是濃得化不開，尤其是經歷種種的危難更有相死以共的感覺。

心情很沉重的木典和延古二人一路無語很快的往西，經過石頭山，折向西南繞過湖水往乙凡族回去。三天後可西、英也、邁樹和亦泰回到族裡，並且報告出外探險遇到黑小人的過程，每個人都嘖嘖稱奇，邁樹並且自誇這全都是他的功勞，這時可西拿出腎之果給大家說：這是節秀不單是死並且犧牲很多的東西換來的，請大家要好好珍惜使用。說完又忍不住哭的成淚人兒，族人們除了追悼死去的節秀、達德和高治外，又舉辦了盛大的慶功宴，慶祝可西、英也、邁樹和亦泰完成任務。數天後梅立找可西談話：就在妳們回來的這幾天邁樹的父親，他也是族內的長老，來找我，希望我能夠答應妳嫁給他兒子邁樹，但是這幾天我看到妳眉頭深鎖，憂容滿面，

栗子——木典和可西

是否有什麼心事煩惱？是否是為去世的節秀？乾脆讓妳和邁樹結婚，讓妳忘卻所有不愉快的事。可西並沒有想到邁樹會這麼快找人來提親，可西很快的轉換心情告訴梅立：節秀的死我很傷心，但是我不想嫁給邁樹，我喜歡乙凡族的木典。梅立不是不了解可西的心情，不過他也有他的難處，梅立處理事情公正無私，本來和他好如兄弟的人因為患了錯而被他不寬容的處罰心生不滿，跑去投靠赤誠，因此赤誠的勢力越來越大，許多長老漸漸轉靠成為他的人，而投靠梅立周圍的長老也越來越少，事實上投靠赤誠的長老已經多過梅立的人，如果他不答應赤誠的要求，會讓赤誠覺得沒有面子，恐怕赤誠會造反而殺掉他取代變成族長，可西說：我不愛邁樹，我喜歡的是木典。可西當然也了解目前的情勢，父親年紀已經老了，沒有能力對付赤誠，但是她實在不想嫁給邁樹。李恬當晚把可西叫過

去說：情況越來越不利，如果妳不願意嫁給邁樹，妳就離開這裡去找木典，雖然我很不願意妳這麼作，但是妳就趕快走吧！可西：如果我走了，那你們要怎麼辦？李恬：妳父親雖然老了，但是我相信他還可以應付赤誠，如果真的有危險我們會想辦法逃走的。隔天可西跟可莉和司模交待了木典的大概處所之後，跑去問英也要不要一起去乙凡族找木典和延古？英也猶豫了一下說：真的要去嗎？再讓我想想看好嗎？直到當天夜晚英也還沒消息，可西覺得無法再等下去，乘著夜晚拜別了李恬和梅立，一個人溜出族外跑向乙凡族找木典去了。

木典和延古二人一直趕路，二十天左右後就來到熟悉的部族外獵場，目前雖然已經是春天的節氣，但是樹、木、花草因為缺水長得綿綿乾乾的，沒有像以前的這個時節早已經是花團錦簇，鳥語花香，獸跡處處，現在看到的野獸卻是瘦骨嶙峋，一付沒有吃飽的樣子，二人來到部族外的河川卻看河面的寬度和出發前相比只有更窄，沒有因為春天上游的溶冰讓河流更寬廣，二人迅速的涉水過河，守衛的族人早已報告族人並打開大門迎接他們，木典和延古的父母、兄弟更是跑在前面給他倆大大的擁抱。接著族人為木典和延古舉行慶功宴也為死去的扇班和高志舉行哀悼式，木典和延古也把這幾個月的經歷講述給族人聽，族人更是對高志的義舉覺得感激和欽佩，對於死去的扇班深深覺得不捨，也對木典和延古出生入死的經歷讚嘆不已，尤其對於黑小人種種科技的進步更是驚奇。木典取出腎之果給大家看說：把這個腎之果種在土裡，不須要給太多水，再過幾年後就有果實可以吃了，腎之果不怕冷，種在此地冬天也沒問題，又容易保存趕快來種吧。另外又拿出高治從黑小人那拿到的刀給大家看，眾人更是對刀的鋒利驚嘆連連。

栗子——木典和可西

第七章
內鬥、爭取女子

栗子——木典和可西

可西的出走在太革族內第二天立即引起了很大的風波，赤誠把邁樹叫過來說：我已經向梅立提親了，但是梅立仍然讓可西離開，這表示他看不起我，邁樹如果你想要可西，你必須自己去找她回來。邁樹其實早就想這麼做，如今有了赤誠的撐腰立即說：讓我順便帶人把乙凡族的人殺掉好嗎？乙凡族的人早晚會變成我們的心頭大患的。梅立想了一下說：現在離可西出走的時間只差幾小時而已，就帶著三個人去好了，只要先把可西追回來即可，趕快去吧！邁樹不再多話立刻找三人同行。

事實上可西一離開族外就有點後悔，這樣子一個人離家到那麼遠地方，對她來說 是第一次，離家的第一晚急著趕路沒有什麼休息，第二天白天反而累得走走停停，東想西想的整個步伐都慢下來，當天傍晚早早找到一處樹林，費了一番工夫爬到其中一棵比較高大的樹幹上休息，就在矇矓中忽然驚覺似乎有人爬上樹來，一下子睡意全無了，看到樹幹中央正有一個人往上爬，而且那是一個黑小人，可西嚇得舉起矛猛擊黑小人，但是黑小人的手臂孔武有力一手抓住樹幹，一手拿著一把銳利的刀砍向可西的矛頭，可西的矛頭經過幾次黑小人的刀砍竟然斷掉變成無頭的矛，可西急的再拿著這支無頭矛猛戳黑小人，另外一手拿起隨身小刀應戰，背上還有一支備用矛，卻還沒有時間拿出來，一時間黑小人雖然不能再攻上來，但是漸漸地無頭矛越來越短，眼看著黑小人就要攻上來的時候，卻看見黑小人突然捨去可西很快的滑下去，只見一支矛不偏不已射到黑小人剛才爬上來樹幹的地方，黑小人很快的下到地面，這時候四個人已將黑小人團團圍住戰鬥了起來，黑小人右手拿著矛，左手拿著刀非常勇猛，黑小人雖然很矮小但是卻閃躲靈活，手臂的刀也非

常鋒利，四個人的矛一刺到馬上就被刀砍斷，緊接著一個人就被黑小人的矛刺中死去，剩下的三人眼見同伴死去加緊上下圍攻起來，三人幾乎殺紅了眼奮不顧身趨向前去，不過黑小人非常冷靜轉眼間又刺死一個人，可西這時候已經從樹上爬下來，看清楚眼前的這個黑小人正是在地底城護衛伊瓦拉庫的衛兵之一，另外二人正是邁樹和一年輕的族人，可西想加入戰局但是覺得雙方纏鬥的很厲害，幾乎很難插上手，她的矛頭本來已經被黑小人砍斷，還好把從族人射到樹幹的矛順便拔下來，身上還有一支備用的矛，可西從死去的族人身上拿起小刀伺機射向黑小人，就在這時候一年輕的族人也不幸中了矛，眼看著黑小人順勢拿刀砍死族人，尚未從族人身體上拔刀出來的時候，可西心中一閃機不可失，小刀立刻丟出不偏不倚射中黑小人的背部，不過黑小人甚為勇猛，拔出砍死族人的刀立刻往邁樹殺過去，此時黑小人已經受傷，力量不夠步伐也零亂，雖然手臂很有力刀也非常鋒利，但是移動已經變慢，邁樹平時在族群裡面就是驍勇善戰的戰士，但是遇到這個黑小人也顯得捉襟見肘不知如何打鬥，黑小人銳利的刀和有力的臂膀非他先前所遇過的，此時可西也加入戰局拿矛刺向黑小人，伺機由後刺殺黑小人，呈現和邁樹前後夾攻黑小人，使得黑小人瞻前顧後兩造打成一個旗鼓相當。隨著時間的流逝黑小人的血越流越多，步履更加不穩，黑小人甚至於有一度想逃跑，不過反而被邁樹逼回來，這樣一來使得黑小人更加生氣，忽然間變成力氣百倍，刀和矛耍得團團轉，邁樹一不小心腿被砍了一刀，一下往後退了好幾步，這時候可西又射出另外一支小刀正中黑小人的腰部，黑小人身體一個踉蹌，想追殺邁樹的身體頓時停滯下來，黑小人轉頭看向可西並且移步走向可西，臉部表情猙獰的黑小人緩緩地一步一步移向可西，可西被黑小人的臉部表情嚇住，差一點忘記已經身處生死關頭，這時候只聽到黑小人又慘叫一聲背上被邁樹射中一矛，黑小人回頭看了一下邁樹，用微微顫抖的手把插在背部身上的矛拔下來，順手一揮甩向邁樹，邁樹不穩的身體往右邊一閃左手臂被這支矛劃過去，留下一道傷痕，這時候黑小人已經血流滿地用刀勉為其難地撐起身體，明亮的夜光照在黑小人痛苦又仇恨的臉上，更加讓人不寒而慄，黑小人此時嘴巴慢慢的唱出不知名的歌，也不知過了多久黑小人用刀撐著身體往前又走了兩步，這時候身體的力氣已經放盡，慢慢地倒了下來，嘴上還不知道在唸著什麼？黑小人漸漸的不動死去了，邁樹還小心翼翼的走到黑小人旁邊，確認黑小人是否真的死亡，可西這時候也走過去幫邁樹包紮止血，可西對邁樹說：這裡離部族並不遠，我想你應該可以走回去，也謝謝你們救了我，這三位族人的屍體等待你回去再請族人來收拾，請你也替我向三位族人的家人道謝和致哀。邁樹說：我就是來找妳回去的妳不了解嗎？我為妳做了那麼多妳還是要去找木典嗎？可西回答說：很謝謝你，但是我還是要去找木典，這是我的選擇。可西說完即刻迅速的離開，邁樹即使想用強烈的手段要可西回去，現在也因為受傷而做不到，對木典更是懷恨在心，可西已經頭也不回的離開很遠了，只能悵悵然的拖著受傷的腳先把黑小人的屍體拖到比較遠的地方隱藏起來，並且掩滅足跡再返回族裡。

邁樹回到族裡向父親赤誠報告經過，他的報告卻說三位友人都是被乙凡族的人殺掉，赤誠聽到之後非常生氣，立即派人去把三位族人的屍體帶回來，另一方面立即召集親近的長老舉行會議，會議當中赤誠痛斥梅立的無能，長老們也跟著同仇敵慨紛紛替邁樹打

抱不平，更加要求赤誠起來當族長領導太革族。赤誠說：我們馬上去要求梅立下台不能再讓他當族長，只有我才有資格領導大家。隨後赤誠在眾人的簇擁中來到梅立居住的房子前，心裡已經有所準備的梅立一看到這麼多人也嚇一跳，沒有想到事情來的這麼快，赤誠說：我們的人被乙凡族的人害死，你卻讓你的女兒跑去乙凡族，想當初我們還熱烈的招待他們，我不知道你這族長是怎麼當的，我們要求族長換人，並且去攻打乙凡族。接著一陣起鬨要求梅立下台。梅立說：我的女兒已經是大人了，她想要怎麼樣我也沒有辦法，要換族長必須召開長老會議，只要大會同意換誰都可以。梅立還想說些話卻馬上被赤誠說的話接走了：不，我們沒有時間再開甚麼會，我們必須馬上攻打乙凡族，族長馬上讓給我當，你給我馬上下台。說完就衝向梅立，赤誠旁邊的長老和部屬也一起衝向梅立，梅立一邊退一邊抵抗赤誠眾人的攻擊，本來親向梅立的長老看到赤誠人多勢眾紛紛選擇壁上觀，只剩幾個親信願意幫忙，梅立看到大勢已去一邊抵抗一邊退到大門外，此舉形同被逐出太革族了，這時候幾乎所有的親信也都陣亡了，只剩下一位叫做泰利的貼身侍衛而已，梅立沒有辦法只能先逃離去找已預先離開的家人再說，原來梅立深思熟慮早先怕家人有危險，所以要他們一大早先到外面躲藏，想不到這樣子剛好救到他的家人們。

栗子——木典和可西

第八章
太革族人攻擊
乙凡族

西可和典木——子栗

赤誠把梅立逐出太革族之後，馬上召開族人大會宣佈自己為新的族長，眾長老和族人也都附和不敢表示意見，太革族隨即準備展開慶祝晚會，慶祝晚會接連兩天不停的飲酒狂歡，直到第三天才休息睡覺，第四天赤誠召開族長會議要求攻打乙凡族，長老們意見紛紛有的贊成有的不贊成，但是不贊成的只是少數幾位以前傾向梅立的長老，幾乎所有的長老們都了解這是一種效忠的宣示，赤誠看這些長老都贊成後，開始分派攻打的方式，因為沒有人去過乙凡族所以事實上只是要指派一些人去攻打，很快的親赤誠的長老馬上推薦自己的子弟或者熟識的年輕族人，不一會兒已經調集了八十位年齡在十八歲到二十五歲左右的年輕族人，此行由邁樹帶領就浩浩蕩蕩的出發。

就在木典回去之後大約經過二十五天的清晨，乙凡族門口來了兩位少年，其中一位少年示意要找木典和可西，可西和木典不待通報已經出現在門口，因為他倆在河的對岸就已經被守衛發現，這兩位少年原來就是司模和可莉，也就是可西的弟弟和妹妹。話說可西離開邁樹之後直奔乙凡族去找木典，受到乙凡族熱烈的招待，乙凡族舉行了三天三夜的慶祝酒會歡迎可西的到來，可西並且把回去族群之後碰到的事依依向木典說明，木典聽到後非常感動於可西的真情不怕那麼多的人在場不由自己的把可西抱在懷裡，可西也緊緊得抱著木典，之後可西就暫時住在木典的處所。可西見到司模和可莉是又驚又喜，想不到這麼快就可以在異地見到自己的弟妹，木典請大家到家裡坐下來之後問起司模和可莉為什麼到乙凡族？司模把這幾天發生的事簡單的向可西和木典說明，並且最重要的是被父親

栗子——木典和可西

要求一定要傳遞乙凡族可能有被太革族攻打的危險，希望乙凡族要提早做好準備，原來梅立擔心赤誠和邁樹立刻會大舉侵犯乙凡族所以命令司模和可莉來此示警，可西和木典一聽頓時驚訝萬分，想不到為了可西而引起太革族的動武，這絕對不是兩人所願意看到的，更非當初可西出走時所料想的到，不過事情已到這個地步一定要想法子處理，木典隨即請示族長龍威看要如何防衛，族長龍威一聽到此消息剎時有如晴天霹靂，這是族人第一次碰到有他族要侵略我族，不過好在木典之前在巨人族和地底城黑小人的地方已經有大規模戰鬥的經驗，現在族人因自己的關係又要引起一場干戈甚是過意不去，為今之計只好趕快向族長提供意見，木典隨即把自己的防衛看法提供給族長龍威了解，族長龍威立刻召集長老和男性族人說明事情的始末，龍威：現在大家都了解了原因所以我們必須要採取方法防制攻擊，雖然現在已經有一些故有的防護措施但是那些還不夠，敵人會比你所知道的更加兇猛和厲害，請你們一定要確實做好準備，大家現在聽木典的指示挖陷阱和加強防護並且準備武器。乙凡族幾乎所有的人都動員起來，作防護欄的防護欄，挖陷阱的挖陷阱，製作武器的製作武器，每個人都忙得不可開焦，這樣子忙了一星期之後再隔數天的一個夜晚，這天夜色漆黑一片，天上的烏雲密佈是一個沒有星星與月亮的夜晚，乙凡族的警衛靠著平時對地形地物的了解和靈敏的感知能力勉強可以看出人獸的走動，約在午夜時分乙凡族河的對岸人影幻動，有一群人正在偷偷摸摸的泅水過岸，為首的正是太革族的邁樹，事實上他們已經埋伏在河對岸的林子內觀察一整天，看到乙凡族的活動並沒有異常狀況所以決定當晚進攻，只是邁樹沒有料到乙凡族是有準備的，乙凡族早已部署完畢並

且知道太革族已經來到對岸，邁樹和太革族人就在一涉水過河快速奔跑攻向乙凡族的圍牆時紛紛掉入乙凡族的陷阱，乙凡族挖出很多個長、寬、高各約兩、三米的坑洞，洞中埋入倒插並且削尖的竹子和樹枝，坑洞上方虛鋪乾草和河濱的沙子使得看起來和河灘地一樣，邁樹和太革族人一跑入乙凡族的擲矛範圍大約有一半以上的人就紛紛掉入陷阱中被尖矛刺死，剩下來的人不敢往前跑的人是被如雨下來的飛矛刺死，有一部分的人繼續往圍牆前衝也掉入靠近圍牆的陷阱中，不然就是被圍牆上的乙凡族人擲矛刺死，走在最後面的邁樹眼看狀況不對也不管前面族人的死活嚇得一溜煙得迅速回頭游過河，奔回族裡去，這一仗也只有怕死的邁樹幸運躲過一劫其他所有太革族人全部喪生於此。邁樹回到族裡卻不說明實際的情況而報告說乙凡族利用人多勢眾讓太革族的勇士寡不敵眾雖然殺死很多乙

凡族人但是最後全軍覆沒只剩下他，請長老和父親赤誠立即出馬攻打乙凡族，赤誠和長老雖然覺得不單純但是死了那麼多族人這個仇是一定要報的。

乙凡族因為早已準備而免去了被屠殺的命運，眾人都覺得非常高興，族人這一次可以說是毫髮未傷在收拾好族內外之後還大勢慶祝一番，只有木典和可西心裡暗自擔心，他倆都很清楚死亡者沒有邁樹在裡面，也就是說邁樹極可能是逃回太革族，並且以邁樹和太革族的作法絕對會再次大舉入侵，所以接下來一定是更不容易對付。在乙凡族慶祝完之後木典和可西立即和族中長老開會說出他倆的顧慮，經過族中長老們的討論完之後族長龍威說：相互的殘殺沒完沒了，但是我們仍然須要面對它，而且今天是他們來打我們並不是我們去侵略他們，選擇的權利是在太革族這一邊既然我們沒有選

栗子——木典和可西

擇的餘地所以我們必須再度作好最佳的防衛，澈底擊敗來襲的敵人。事實上龍威是說給可西聽，讓可西了解乙凡族只是在被動的防衛而沒有要把太革族滅掉的意思，目前對於可西的處境也確實非常為難，前一波太革族人的攻擊只是因為邁樹私人的因素，死的人也都是心態較為偏向邁樹的成份居多，對於可西來說並不會感覺太傷感，也許有一點傷感但是接下來的攻擊可是會舉全族之力，死傷會包括自己的親朋好友，不過事情已經演變成這樣可西是騎虎難下無法回頭，一旁的木典自然是更加了解可西的痛苦，但是無論他說什麼都於事無補。乙凡族又開始努力的挖壕溝、佈置陷阱、製作更多的刀和矛，並且派哨兵到更遠的地方佈崗。

天氣漸漸得熱起來，大地又是一片翠綠，森林裡各式各樣的花朵迎風盪漾，太革族在一個春天的清晨出發準備攻擊乙凡族，這一次他們是有備而來的，太革族除了一些老弱婦孺以外幾乎所有的人都一起出擊，甚至於包括一些自願而來的自己認為健壯的婦女、青年，一共約有三百餘人，男勇士每人除了各自的武器以外身上都背著藤籃，藤籃內裝著各種大小圓形的石頭，石頭最大的有七、八公斤，最小的也有兩、三公斤，所以男勇士在微微細雨時的春天踩入爛泥中更顯得沉重，尤其一大群人同時經過把樹林踏出一條明顯的道路出來，大約二十來天之後太革族人終於來到乙凡族溪的對岸，太革族眾人也並不掩飾形蹤就地炊食休息，並開始跳舞飲酒作樂，狂歡到深夜，乙凡族人很早就知道太革族人一路前進來到的時間，但是也無法作出適當的回應，只能暗中監視著，隔日下著濛濛細雨的清晨太革族人就發動攻擊，太革族人約五十個人站成一排，共有六、七排依序渡河，就在渡河到一半的時候乙凡族人的矛就像雨一

般的射向太革族人，太革族人沒有料到乙凡族人一下子就開始攻擊，有一半的人就葬身在河中，其他的人迅速渡河到對岸並拿出背上的石頭投擲到岸邊的沙地，只見沙岸上大部分的陷阱依依塌陷出來，太革族人迅速的跳過陷阱攻向乙凡族，不過此時太革族人傷亡的已經超過二百餘人，只有剩下不到一百個人在拼命的進攻，這些人當中包括邁樹和赤誠，邁樹在太革族攻擊眾人時站在最旁邊躲過如雨下的飛矛，跳過幾個挖空的陷阱，伺機跑到乙凡族的圍牆邊拿著在黑小人處得到的利刀猛砍，不過在這當中也被從上面集中攻擊他的矛刺中右腿，他把木柵砍出一個洞順勢躺了進去，並且拿刀左右亂砍，銳利的刀把從旁邊刺過來的矛砍斷，不過他仍然被幾個斷裂的矛頭刺傷身體，拖著受傷的身體勉強站起來大聲喊出：可西妳在那裡？說時遲那時快，他被四方飛來的矛刺中，可西並沒有看到邁樹被刺殺的情形，但是她在一處屋內卻聽到邁樹悽涼的喊叫聲，可西內心百感交集，萬分無奈只能一個人恍神的坐下來，看著門卻無力去開，這時候外面仍然不時有矛丟進圍牆內，戰鬥雖然持續進行著，不過已越來越零星，這時柵門打開一群乙凡族勇士衝向外面對著已經受傷做困獸之鬥的太革族人，一會兒打鬥就停止了，其中包括赤誠在內，全部葬身於此，甚至連少數沒有過溪的太革族人也在對岸被乙凡族人的埋伏攻而陣亡，乙凡族因為防禦工事做了萬全的準備讓兇悍的太革族人也無計可施，雖然此次的戰鬥也讓乙凡族人有些死傷，對部族來說仍是勝利的。

栗子——木典和可西

獵海人

栗子

——木典和可西

作　　者　戊　利
出版策劃　獵海人
製作發行　獵海人
114 台北市內湖區瑞光路76巷69號2樓
電話：+886-2-2518-0207
傳真：+886-2-2518-0778
服務信箱：s.seahunter@gmail.com

展售門市　**國家書店【松江門市】**
10485 台北市中山區松江路209號1樓
電話：+886-2-2518-0207
三民書局【復北門市】
10476 台北市復興北路386號
電話：+886-2-2500-6600
三民書局【重南門市】
10045 台北市重慶南路一段61號
電話：+886-2-2361-7511

網路訂購　博客來網路書店：http://www.books.com.tw
三 民 網 路 書 店：http://www.m.sanmin.com.tw
金石堂網路書店：http://www.kingstone.com.tw
學思行網路書店：http://www.taaze.tw

法律顧問　毛國樑　律師

出版日期：2016年10月
定　　價：220元

國家圖書館出版品預行編目

栗子：木典和可西 / 戊利著. -- 臺北市：獵海人,
2016.10
面； 公分
ISBN 978-986-93372-8-1(平裝)

857.7 105019389